少年读中国史

· 1 ·

夏商周　从传说到历史

果麦 编

北方联合出版传媒(集团)股份有限公司
万卷出版有限责任公司

果麦文化 出品

总　序

　　人们常说："读史可以明智。"为什么？这不光是因为读史能让我们以往事为镜，指导行动，更因为历史承载着一国政治、经济、法律、军事、文化、风俗的变迁。读史的同时，我们也在进行交叉学科的学习，培养理解其他领域复杂问题的能力。更重要的是，历史承载着我们的民族记忆，关乎一国文化之传承。近年来，历史在中考和高考中的分数比重更是大大增加，一跃而成为学科"新贵"。因此，一套好的历史读物对于少年读者而言是十分必要的。

　　怎样的历史读物才算好？我们耳熟能详的那些经典史书当然是很好的，比如从上古记述至汉朝的《史记》，被誉为"史家之绝唱，无韵之《离骚》"。又如历时十九年编纂、多达二百九十四卷的《资治通鉴》，因其"鉴于往事，有资于治道"而为古人所重视。这些著作各有千秋、各具特色，但毕竟都是千百年前的史学作品，自有其时代局限性。

  而本书依托的底本《中国史话》(全16册)则是一部既全面又专业的通史类读物。这套书由中国社会科学院和多所高等院校的十七名史学专家合作完成,他们秉承"普及中国史,提倡大国学"的大历史观,耗时数年,终于写就这部通史,从政治、经济、文化、社会生活各个方面描绘了从夏商到晚清的历史变迁。然而,对于今天的少年读者,这套书的篇幅还是太大,有些内容也较深、较难。为扫清阅读障碍,我们特别联合了一批专家和名师对其进行改编,旨在打造出一套能够帮助少年修身立志、建立史观、磨炼思维的全景式通史读物。编委既有来自中国社会科学院、华东师范大学、厦门大学、中国美术学院等高校和科研单位的学者,比如先秦史专家王宇信,两晋南北朝史专家刘精诚,明史专家娄曾泉、颜章炮等,也有来自教学一线的中学教学名师。

  本书按时间顺序,以十册篇幅贯穿五千年中国历史。体例上,为保持叙事的完整性,每册开头都有一个三百字左右的概述,从"面"上展现这一时代的风云变幻,帮助少年读者把握时代的整体特征。例如对于唐代,侧重于展示其鼎盛时期包容开阔的文化气度和时代风貌;写至清朝，则注重描绘末代封建王朝向近代转型的巨大变局。正文部分以人物和故事的"点"，串联起历史脉络的"线"。每章后附"读史点评"，或是评说史事、人物的影响和意义，或是揭示历史的因果联系和内在动因。另外，我们组织一线名师设置了思考题，引导少年读者拓展思维。每册最后还附有大事年表，方便对照翻阅。

编写过程中，我们始终秉承两个原则：科学性与故事性。科学性是历史读物安身立命的根基，否则就会沦为演义式的文学渲染，因此，我们专门对一些故事传说进行了辨析。比如写到亡国之君周幽王时，我们并没有直接说烽火戏诸侯的故事，而是根据"清华简"等材料，写幽王因宠爱褒姒而废掉申后所出的太子宜臼，引发内外危机，导致西周灭亡，并指出这可能是"烽火戏诸侯"一说的来源，力求做到叙事更客观、论述更合理。更重要的则是选材和写作上的科学，例如说起东汉末年的赤壁之战，很多人只记得诸葛亮"借东风"和"火烧连环船"的故事，把这场决定三国历史走向的大战描述为个别英雄人物的传奇，得出"只要有运筹帷幄的奇谋就一定能打败任何强敌"这样简单的结论。实际上，一个历史时期的局势演变涉及当时整体的政治局面、经济状况乃至地理、人心等许多方面，是诸多因素共同作用的结果。因此我们特别注意把重点落在历史线索的勾勒和历史面貌的全景展现上，引导少年读者将视线放在事件、人物表象之下的本质上，思考背后深层次的问题。

少年读者对历史的兴趣都是从故事开始的，因此我们的第二个原则就是保证故事性。政治史部分，我们大多围绕人物活动来写，先把重要历史人物的形象立起来，让小读者感到亲近，再围绕着他们展开重要历史事件。经济史、文化史部分的写作很容易变成枯燥的史实罗列，对于这一部分，我们更是力求不拘泥于文献。比如写秦始皇时期的文物时，并不铺陈细节，而是通过讲述秦国基层小吏喜一生的故事，引出睡虎地秦简的来历，让冷冰冰的文物变得有温度，而小吏喜的故事本身也是个很好的职业精神教材。

此外，教育部将"培养和提高学生的历史学科核心素养"设为当下历史教学的新目标，历史学习已由原先单纯的知识点的死记硬背，转化为着力培养学生自主学习和探究思考的能力和素养。所以，本书的编撰着重在能力、素养上给予读者以帮助，而不是知识点上的强化或细化。例如乾隆时期，英国使臣来华而引发的"礼仪之争"，在中学历史教科书中只有简略的介绍，本书则把它置于明清时期中西交流的大背景中来叙述，指导读者把握住古代向近代社会转型的大变局，为读者的进一步思考提示方向。再者，文史不分家，在如今这个"大语文"时代，本书更是很好的课外综合阅读材料。书中语言的精练风趣，历史故事和文史典故的精彩生动，以及这些故事所蕴含的传统文化精髓，如项羽"彼可取而代之"的宏大志向，王阳明"守仁格竹""龙场悟道"的求道精神，既可以直接拿来用作作文素材，也有助于少年提升语文核心素养。

总之，这是一套适合少年阅读，知识含量和学术水准兼备的通史类读物。我们衷心希望本书能让少年读者体会到些许历史本身的趣味，亲近中国传统文化，同时打破单一学科的壁垒，更加自由地思考和探索历史的奥秘。

本书编委会

我们的祖国是世界上的文明古国之一，有着几千年的文明史和丰富的文化遗产。经过漫长的原始社会以后，我们的祖先首先在黄河流域的中原地区建立起了以华夏族为中心的多民族国家。

大禹治水、商汤革命等故事长期以来为人们所熟知，但是因为记载上古历史和夏王朝的有关资料较少，也有人质疑"夏"这个朝代是否真的存在，大禹、商汤等历史人物究竟有没有真的出现过。

考古发掘出土的资料是可信的物证。随着甲骨文、殷墟遗址和二里头夏都遗址的发现和发掘，今天可以肯定地说，在我们伟大祖国的历史上，有着四百多年历史的夏王朝确实是存在的。就让我们一起走进最早的中国，看看夏、商、周是怎样兴起，又是怎样走向衰落的。

目 录

第一章 聪明的老祖宗   001
1. 人猿相揖别   002
2. 采集时代的原始人类   006
3. 从采集到种植   010
4. 炎黄传说   016

第二章 从"公天下"到"家天下"   022
1. 尧舜禅让   023
2. 大禹治水   027
3. 夏王朝诞生   032
4. "家天下"的建立   037

第三章 大商六百年   044
1. 商的兴起   045
2. 商汤灭夏桀   048
3. 伊尹放太甲   054
4. 盘庚和武丁   058

5. 从强盛到衰落　　　　　　　　　　064

第四章　西周的兴起与衰落　　　071
1. 周的兴起　　　　　　　　　　　072
2. 武王伐纣灭商　　　　　　　　　077
3. 周公辅成王　　　　　　　　　　083
4. 从强盛到衰亡　　　　　　　　　089

第五章　来自地下的宝库　　　　098
1. "华夏第一王都"　　　　　　　　099
2. 一片甲骨惊天下　　　　　　　　103
3. 以青铜命名的一段文明　　　　　111
4. 见证西周兴衰的青铜器　　　　　118

大事年表　　　　　　　　　　　129

第一章

聪明的老祖宗

1. 人猿相揖别

开天辟地的传说

我们所讲的历史,通常指的是人类的历史。关于人从哪里来,世界各国有着许多不同的神话传说。在我们中国人的传说中,是盘古创造了世界,女娲(wā)创造了人。

据说很久很久以前,宇宙一片混沌,好像一个蛋清和蛋黄混在一起的大鸡蛋。在这片混沌中,沉睡着一位名叫盘古的巨人。盘古沉睡了一万八千年,有一天他睁开眼,发现四周黑乎乎的,什么也看不见,便拿起一把大斧子,打破了这个"大鸡蛋"。于是那些像蛋清一样的东西越飘越高,变成了天空;那些像蛋黄一样的东西越沉越低,变成了大地。

盘古担心天空和大地再次合在一起,世界又回归黑暗，便头顶天、脚踏地，像大柱子一样支撑在天地之间，随着天地之间距离的增长而增长。就这样不知过去了多久，终于天不再向上飘，地也不再往下沉，从此天是天、地是地，再也不会合到一起了。这时一直支撑天地的盘古也累倒了。

盘古死后，他的一只眼睛变为太阳，另一只眼睛变为月亮，目光变为闪电。他的头发化为天上的星星，声音化为雷声，呼出的气化为风和云。他的头和骨骼成了山脉川谷，血液成了江河湖泊，肌肉成了土地，汗毛成了草木花卉。就这样，盘古创造了一个新世界。

此后不知过了多久，一位名叫女娲的女神觉得这个美丽的世界少了点生机，就用黄土捏了很多小泥人。她对着这些小泥人吹了口气，他们便活了过来，从此这个世界就有了人。

后来天空倾斜，天上破了一个大窟窿，不断有天水流下来，大地上洪水不息。女娲便用巨龟的四只脚做柱子，支撑住了天空；又找到五色土，炼成了五色石，补好了天上的窟窿。她还把芦苇烧成灰，止住了大地上的洪水。在女娲的帮助下，人们终于得以在这个新世界安居乐业。

盘古开天辟地

人类的起源

古时候的人对自然界缺乏科学认识，只能通过各种神话传说来想象人类的起源。不过，也有人对这些神话传说提出疑问，比如战国时代的著名诗人屈原就曾发问："女娲有体，孰制匠之？"(《天问》)，意思是：那造人的女娲有着特殊形体，是谁将她造成这样的呢？

人类是由古猿演化而来的，这个说法最早是由法国生物学家拉马克在1809年提出的。不过当时"神造说"仍占据主流地位，直到五十年后，英国生物学家达尔文出版轰动一时的名著《物种起源》，大多数科学家才接受生物进化论的观点。1868年，英国生物学家赫胥黎明确提出，人和猿是由同一支祖先分化而来的，这就是著名的"人猿同祖论"。

那么，古猿是怎么进化成人的呢？科学家推测，在距今一千万至五百万年之间，随着气候变冷，森林减少，古猿不得不从树上来到地上，去寻找充足的食物。生活环境和生活方式的变化，使得他们学会了直立行走——这是从猿转变为人的关键一步。

直立行走把古猿的上肢解放出来，使得上肢可以更灵活地使用石块或者树枝等工具，逐渐形成了和脚有着明确分工的手。直立行走还扩大了他们的视野，促进了大脑的发育和语言的产生。

当那些天然的工具无法满足生活所需时，人工制作的木器和石器等工具便应运而生了。学会制造和使用工具使猿最终突破动物界的藩篱，完成了从猿到人的转变。自此，人类历史的序幕徐徐展开，开启了文明的新篇章。

2. 采集时代的原始人类

石头和火的使用

从刚刚摆脱动物状态的原始人算起，人类社会的历史可以追溯到几百万年之前。在这漫长的岁月中，人类的祖先有百分之九十九以上的时间都过着狩猎采集的生活。他们处于流动群居的状态，没有固定的住所，以从自然界猎取动物和采集可以食用的果子、野生植物等为生。

大自然的生存法则是"物竞天择，适者生存"。蝙蝠演化出了翅膀，有了飞行的能力，能够猎取飞虫；兔子演化出了有力的后腿，有了跳跃和快速奔跑的技能，能够更好地逃命。我们的老祖宗则走上了一条完全不同的演化路径：制造和使用工具。

早期的人类会有意识地把石块敲打成器物以供使用，比如有锐利边缘的尖状器、刮削器，可以用来击打猎物的石锤等。在文字尚未出现的时代，正是这些今天看来普通得不能再普通的石头，帮我们记录下了早期人类数百万年来漫长的演进历程。可以说，我们对早期人类的认识"是用石头写出来的"。因此，考古学家又把原始人使用打制石器的采集时代称为"旧石器时代"。

这个时代的原始人一开始并不懂得使用火。当草木被闪电劈中，引发森林大火时，原始人常常惊惧万分，四散奔逃。他们对于食物，如蘑菇、植物的汁液、白蚁、鱼、兔、鹿等食物，都还保留着生吃的方式。

然而，大火来临时，难免会有野兽来不及逃走被烧死。原始人也许是偶然捡到一些被火烧过的野兽，尝了肉之后发现比生吃更好吃，也更容易咀嚼和消化，于是对火有了全新的认识，不再害怕这种神秘的自然现象。

在下一次"天火"降临时,他们留取了一些燃烧的树枝,把火种保留了下来。

此后,他们学会了用火驱赶野兽、围捕猎物,用火照明和取暖,用火烧制食物和工具,完成了人类社会发展的又一次飞跃。

中国境内的早期人类

我国是世界上发现古人类遗址最多的国家之一,多个省份都曾发现不同时期的早期人类遗址。距今约一百七十万年,在云南元谋地区,生活着目前我国境内已确认的最早居民——元谋人。他们能直立行走,会用石头打制尖状器、刮削器和砍砸器,还会使用火。

距今约一百一十五万年到七十万年,生活在陕西蓝田境内的蓝田人则更进步一些,他们还会打制用于猎取野兽的石球。考古学者在蓝田猿人遗址发现了一件重四百九十克的石球,这是目前国内发现的时代最早的石球。

北京人生活在距今约七十万年到二十万年前。周口店是北京西南的一座小镇,北京人遗址就在镇旁龙骨山的一个山洞中。1929年，著名考古学家、古人类学家裴文中在那里发现了第一个保存完整的北京人头盖骨。之后经过多次发掘，北京人遗址又出土了五个头盖骨化石、男女老幼四十多具直立人化石，以及近十万件大大小小的石器和大量动物化石。

北京人过着群居的集体生活，大家共同劳动，获取食物。他们的石器可能来源于龙骨山下坝儿河河滩上的鹅卵石，石器的类型也比较丰富，光是刮削器就有直刃、凸刃、凹刃、多边刃和盘状等好几种样式。他们还会制作一种只有一节手指大小的尖状器，可能是用于切割兽皮或者采集植物根茎的。除了石器之外，北京人已经会使用兽骨和鹿角制作各种工具。他们对火的使用也更加熟练，不但会用火照明取暖、驱赶野兽、烧烤食物，甚至懂得用火把兽骨或鹿角要截断的地方烧一烧，让截取变得更加容易。

北京人之后，龙骨山顶部的洞穴迎来了另一群远古人，考古学家称他们为"山顶洞人"。山顶洞人距今约三万年，长相接近现代人。他们已经懂得人工取火，还会捕鱼和缝制衣服。山顶洞人仍过着狩猎采集的集体生活，但活动范围更加广阔，能够到远离居住地的地方同其他族群交换物品。他们制作工具的技术也更加纯熟，甚至能把直径只有几毫米的骨头钻上孔制作成骨针。他们还有了爱美之心，会把虎、獾、狐、鹿等野兽的兽牙，以及小石珠、小石坠等打磨或穿孔，制作成装饰品。另外，山顶洞人已经有了朴素的灵魂观念，他们会把逝去的同伴埋葬，并在周围撒上红色的赤铁矿粉末。

3. 从采集到种植

食物生产的革命

长于田间路边的狗尾巴草，在今天的人看来，不过是一种不能食用的野草。但它却是今天饭桌上常见的小米的祖先，对原始人有着非凡的意义。那么，原始人是怎么发现这种植物，又是怎么开始种植和驯化它的呢？

在靠天吃饭的时代，气候对人类的生活有很大影响。旧石器时代晚期，受末次冰期影响，气候冷暖波动，生存环境和生态系统改变，原始人从自然界获取食物的不稳定性增加，花在狩猎上的时间也大大增加。一方面他们需要进一步改造工具,提高打猎效率;另一方面,他们也需要寻找合适的栖息地,想办法扩充食物的来源,弥补食物短缺。于是原始人逐渐由流动的狩猎采集生活过渡到狩猎采集和定居相混合的状态。

也许是一只小鸟把狗尾巴草的草籽带到了原始人的营地,春去秋来,狗尾巴草自生自灭,长成了一大片。原始人逐渐注意到,这种其貌不扬的植物很容易管理,只要把它的种子撒在土里就能生根发芽,静待收获。他们开始有意识地管理狗尾巴草,尝试把它的草籽变成自己的食物来源,于是有了后来的粟(即谷子)。同时,原始人也有意识地留下一些动物的幼崽,并驯养它们,比如狼和野猪。狼逐渐被驯化成了今天的狗,野猪被驯化成了今天家养的猪。

距今约一万多年前,原始人开始使用通体磨光的磨制石器,进入新石器时代。这一时期,北方地区的先民开始栽培粟和黍(黄米),长江中下游地区的先民开始栽培水稻,中华大地上形成了"北粟南稻"的农业格局。先民已能熟练地管理和栽培农作物、饲养家畜,从食物的采集者变为食物的生产者。有人把这种变革称为"食物生产的革命",也称"农业革命"。

农业种植对人类生活的影响是广泛而深刻的。新石器时代的先民，已初步形成了栽培、收割、脱粒和食用等农耕行为体系。在距今八千多年前的河南舞阳贾湖遗址，就出土了用于收割和脱粒的石刀、石镰、石磨盘和石磨棒，以及用来做饭的釜、鼎和甑（zèng）。釜和鼎是煮食的炊具，相当于现在的锅具。甑是蒸制食物的炊具，底部有透气的小孔，相当于后世的笼屉。可见，当时人们已经懂得利用蒸汽来蒸制食物，在烧烤和水煮之外，又掌握了一种新的烹饪方式——蒸。

在距今七八千年的浙江杭州跨湖桥遗址，还出土了核桃、毛桃、梅、杏、松果、南酸枣、菱角、芡实等多种可食用的野生果实，这说明先民可以利用的食物来源、种类更加丰富。在距今四千多年的浙江湖州钱山漾遗址中，出土了麻布残片、绢片、丝带等纺织品。麻片的材质是苎（zhù）麻，绢片则用家蚕丝织成，这说明早在四千多年前，太湖地区一带的先民们就会种植桑、麻，养蚕缫（sāo）丝了。

定居时代的住宅

随着农业种植的发展,先民们最终从山林地区走向平地、沼地,逐步定居下来,营建住宅与村落。

在远古时期,人类为抵御湿寒和野兽的攻击,曾经"构木为巢",栖息于树上。走出山林之后的先民因地制宜,创造发明了木构或土木结构的建筑。浙江余姚河姆渡遗址位于长江中下游地区,距今约七千年。这里原本是一片沼泽,低洼潮湿,不适宜居住。聪明的河姆渡人在地面上打下一排排木桩作为基座,创造出了一种底部架空的干栏式建筑,这也是国内所见最早的木构建筑。遗址中还发现了农耕用的骨耜(sì)以及大量的稻谷、稻秆。此外,这里的人还饲养猪、狗和水牛等家畜,懂得如何制作陶器、玉器、骨器,还会使用天然漆。

陕西西安半坡遗址位于黄河流域,距今约六千年。这里曾是一处大型原始聚落,设有房屋、窖穴、壕沟、公共墓地和烧制陶器的窑场。与河姆渡人的干栏式住宅不同,半坡人的房屋主要是半地穴式的圆屋。这种房屋大多以坑壁为墙,中间用木桩或原木做柱子,柱顶和坑沿之间架有一根根木头,形成伞盖一样的屋顶。半坡人会制作陶器、骨角器,他们种植粟,饲养猪、狗等家畜,捕猎斑鹿、兔、鱼等动物。

在半坡遗址中,我们已经能看到被分割成三个居室的房屋。在距今约五千年的郑州大河村遗址中,还出现了连间的四居室。大河村人不但把房屋建在地面之上,还懂得用火烘烤的方法加固墙体,把整座房屋打造得更加坚固。

这些不同时代的住宅和村落犹如点点繁星,映照着先民走向文明的漫漫征程。

水井和沟渠

人类的生活离不开水。在水井尚未发明之前,先民大多"傍水而居"。最初的井并不是取水用的,而是用来贮藏食物的,一般都比较浅。这种贮藏东西的井至今在北方农村还在使用,也叫作"窖穴"。后来人们发现下雨的时候可以用废井来蓄水,便逐渐把井挖得比较深。而井挖到一定深度就会出水,这样就有了水井。水井的出现,解决了人们生活中重要的水源问题。

在使用水井的过程中，人们注意到土井在水的浸泡下，很容易出现坍塌的情况。为了解决这个问题，便用木头等材料加固了水井的四壁。在河姆渡遗址中，就有我国目前已知最早的木结构水井。目前国内最大的木结构水井是在距今约四千年的河南汤阴白营遗址中发现的。它深十一米，井壁用木棍交叉呈井字形，层层垒筑了四十六层之多。

可以疏通河流、排出积水的沟渠也不是大禹治水时才发明的。早在距今约六千年的西安半坡遗址中，就发现了三条沟渠。其中一条是环绕居住区的大围沟，既起防护作用，也是为了排水。另外两条小沟在居住区中，用来排水。而在距今四五千年的浙江杭州良渚遗址中，还发现了一个大型水利系统。它规模巨大，绵延二十余千米，配有高、低堤坝和水库来调节洪水。

在距今四千多年的河南淮阳平粮台古城遗址，还发现了陶排水管道。这些陶制的管道节节套合，深埋在地下，两端有进、出水口，连通着住宅区的排水沟，把城内的污水排到城外。这是我国目前所见年代最早、最为完备的城市排水系统，充分体现了先民的智慧。

4. 炎黄传说

黄帝和炎帝

　　在原始社会，国家和政权尚未出现，血缘相近的宗族、氏族成员会组成一个个部落。为了争夺生存空间，部落之间不断征战、相互合并，逐渐形成了部落联盟。大约在距今五六千年以前，黄河流域出现了两个比较大的部落，首领分别是黄帝和炎帝。

　　相传黄帝的部落兴起于姬水流域的轩辕之丘，黄帝本姓公孙，名轩辕，后来以姬为姓。这个部落擅长狩猎，以熊为图腾，因此黄帝又号"有熊氏"。传说黄帝聪慧过人，有很多发明创造。他带领族人造屋挖井、造船制衣、耕种养殖，还操练军队、制作弓箭等武器，让部落变得更加强大。黄帝周围还聚集了一批有才华的人。他的妻子嫘（léi）祖发明了养蚕制丝，史官仓颉（jié）观察鸟兽之迹、山川之形创造了文字，负责记账的隶首发明了算盘，乐官伶伦模仿凤鸟的鸣叫制作出了乐器、创制了音律。

　　炎帝是传说中的姜姓部族首领，兴起于渭水流域。

炎帝与黄帝

这个部落居住的地方土地肥沃，适合农耕。他们以牛为图腾，很早就进入了农业文明。在炎帝的带领下，部众学会了制作农具、开垦土地、种植五谷和蔬菜。炎帝还教会大家怎么提取食盐、制作陶器和纺织衣物。

随着部落的发展壮大，黄帝和炎帝多次带领各自的部落迁徙，寻找更加适合的居住地。他们都看中了中原地区黄河流域一片水土肥美的土地，双方互不相让，大战于阪泉。这场争夺最终以炎帝战败告终，他带着部落归顺了黄帝，两大部落结成联盟，黄帝和炎帝也成为联盟共同的首领。

大战蚩尤

当炎黄部落联盟在中原地区安居乐业的时候，东方的九黎族逐渐强大起来。据说他们的首领蚩尤有兄弟八十一人，这个数字可能意味着蚩尤已经成长为一个部落联盟的首领。

相传蚩尤曾经是黄帝的一名得力干将，精于青铜冶炼，能用青铜炼制剑、铠、矛、戟等武器，多次帮助黄帝在部落征战中获胜。随着九黎族的崛起，蚩尤的野心也越来越大，终于发动叛乱。黄帝带兵征伐，双方在涿鹿展开了一场持久的战争。

据说蚩尤的军队个个铜头铁额，异常勇猛。黄帝一方武器虽不占优势，但善于驯兽，能驱动虎、豹、熊、貔貅（pí xiū）等猛兽发动进攻。这场战争黄帝打得非常艰难，曾经九战九败。传说在战场上，蚩尤曾作大雾，多日不散，困住了黄帝的军队。黄帝命人制造指南车，来辨认东南西北。最终蚩尤战败被杀，身首异处，涿鹿大战就此谢幕。

此战之后，黄帝的威望大大提高，四方众多部落前来归顺，形成了一个更大的部落联盟，黄帝则被推举为联盟的首领。这个联盟是华夏民族的源头，而海内外华人也一直以"炎黄子孙"自称，尊黄帝和炎帝为人文初祖。

蚩尤虽然败了，但他是败在智谋而不是力量上，人们并没有忘记这位勇猛善战的武士。传说他化为天上主征伐的星宿，名为"蚩尤旗"。他的血化作红色的盐泽，名为"蚩尤血"。后人还建有"蚩尤冢""蚩尤祠"来纪念他。在秦汉之时，秦始皇和汉高祖刘邦都曾祭祀过蚩尤，尊他为"战神"。今天，蚩尤也和黄帝、炎帝一起，被尊为中华民族的祖先之一，为广大华人所铭记。

读史点评

农作物种植、家畜饲养的出现以及聚落、磨制石器的发展,是原始农业兴起和发展的重要标志。距今约一万年前,先民们已能熟练地栽培农作物、饲养家畜,从食物的采集者变为食物的生产者。人类的生活方式也随之发生了巨大的变革,从傍水而居、居无定所的模式进入依井而居的定居模式,从穴居、树居和露宿星光下变为自己可以营建住宅和村落。可以说,农业的兴起和发展奠定了中华文明的基石,开启了灿烂的农耕文明。

思 考 题

有人认为北京人只知道吃生肉,你同意这种观点吗?查查资料,谈谈你的看法。

(全书思考题答案可通过扫描第十册大事年表后的二维码获取,后不再说明)

第二章

从"公天下"到"家天下"

1. 尧舜禅让

品德高尚的尧

相传在黄帝之后,距今四千一百年左右,黄河流域的陶唐氏、有虞氏、夏后氏三个部族联合起来,组成了一个很大的部落联盟。这个部落联盟的主要活动地区在今天山西西南部、河南西部和南部、陕西东南部,占据了中原地区的大部分,也就是后世所称的华夏地区,因此被称为"华夏部落联盟"。联盟的首领先后由尧、舜、禹担任。

相传尧是陶唐氏部落的酋长,他为人讲究仁义,聪明能干。凡是和尧打过交道的人,都觉得他善良周到,像太阳一样温暖,像云朵一样温柔。尧生活富足却从不骄纵,地位尊贵却从不显摆。他为人朴素,头戴黄色帽子,身穿黑色衣裳,坐着白马拉的朱红色车子。尧擅长倾听别人的意见，不管是家族还是百官，都被他管理得团结友爱、和睦亲善。在他的治理下，百官明辨善恶，四方诸侯邦国和平共处。

尧非常重视农业生产。他派人观察日月星辰位置变化的规律，总结出和农业生产有关的节令，制定历法，帮助百姓适时安排农活。他又根据星象以及黑夜与白昼的变化，把一年分成了春夏秋冬四个季节。

每年春分这一天，白昼与黑夜等长，此后白昼开始长于黑夜，天气回暖，鸟兽纷纷生育繁殖。这时候东西南北四方的百姓要因地制宜安排播种。夏至这一天白昼最长，天气越来越热，鸟兽开始脱毛，百姓搬到高处居住，安排夏天的农活。秋分这一天，黑夜与白昼重新变得一样长，天气转凉，鸟兽长出新毛，百姓移居到平地，安排秋天的收获活动。冬至这一天白昼最短，天气越来越冷，鸟兽长满细毛，百姓进屋取暖，安排好冬季的收藏。当时一年有三百六十六天，尧用置闰月的办法来校正春夏秋冬四季。

据说尧一共当了七十年的华夏部落联盟首领，在他的带领下，百官各司其职，各种事情都安排得井井有条。

传位在德不在亲

后来,尧的年纪大了,需要选一位接班人。尧多次在部落联盟的会议上征求大家的意见,请他们推荐合适的人选。有人说:"您的儿子丹朱聪明能干,可以做接班人。"尧却说:"丹朱愚笨又性格顽劣,怎么能够胜任呢?"

尧又请主管四方事务的四位大臣"四岳"推荐人选。四岳说:"有个叫虞舜的人不错,他既能干,德行又好。"尧采纳了"四岳"的建议,决定考察一下舜的品行和能力。他把自己的两个女儿娥皇、女英嫁给了舜,还派自己的九个儿子也住过去,想看看舜是怎么管家和做事的。

舜种过地、捕过鱼、制作过陶器,也做过买卖。他不仅能干,还是个有名的孝子。舜小时候母亲就去世了。之后,他的父亲瞽(gǔ)叟又重新娶妻,生下一子,唤作象。后母对舜很不好,经常在瞽叟面前挑拨是非,想害死舜。瞽叟听信了她的谗言,有一天他让舜去打井,趁着舜在井下忙碌的时候,和象一起把土倒入井中,想把舜埋在下面。不料,舜打的井正好和一条暗沟相通,他从这条暗沟中逃了出去,躲过一劫。后来,舜仍回到了家中,且并没有心生怨恨,依然孝顺父母、照顾弟弟。

尧舜禅让

经过一番考察后，尧对舜的品行和能力都很满意，便开始让他帮忙处理公务。舜工作认真，凡是尧交给他的事，都办得妥妥当当。办事没有私心的舜也得到了百姓的拥护，他去哪里工作，老百姓就去哪里投奔他。就这样，尧最终选定舜做自己的接班人，举行了隆重的祭祀仪式，正式向天下宣布禅位给舜。

2. 大禹治水

鲧的失败

尧在位时，常常有洪水泛滥。滔滔大水淹没田地，冲毁庄稼和房屋，牲畜也大量死去，人们只能逃到高高的山丘或大树上避难。

身为首领的尧很是着急。在一次部落联盟大会上，尧问大家："现在洪水滔天，已经快淹到山顶，百姓都担心这样下去可怎么办。有谁能来治理水患？""四岳"听后，推荐了夏部落的酋长鲧（gǔn）。尧认为鲧这个人很自负，经常违抗命令，容易把事情办坏，不可以用。"四岳"却说:"如今没有比鲧更能干的人了,不妨让他试试。"尧便命鲧负责治水。

鲧接受了尧的任命后,让人修筑高高的堤坝,想把水围堵起来。可是,鲧低估了这个方法的执行难度。当时洪水泛滥的范围有数千里之广,要想在如此广阔的地域内筑堤阻水,几乎是不可能的。结果洪水不但没有被堵住,反而越积越多,冲坏堤坝,四处横流。鲧辛辛苦苦奔波九年,修筑了大大小小的堤防,但堵了东边西边溃堤,围了南边北边泛滥,始终未能将洪水治服。

这个时候,尧已经把首领之位禅让给了舜。舜见鲧治水没有成功,花费了大量人力、物力却不能使人民安居乐业,就将鲧流放到羽山(在今江苏东海)。鲧最终死在了羽山。

靠疏不靠堵

一次部落联盟大会上,舜又问"四岳":"大水迟迟不退,令人忧心,如今还有谁能治理水患?""四岳"说:"鲧的儿子禹是一个很好的人选。"

当时只有二十岁上下的禹并没有因为父亲的事情怀

恨在心，接到舜的任命后，一心只想把水患治好，完成父亲未竟的事业。他办事周密，很有条理，知道治水是件大事，只靠自己一个人是不行的。于是便征得舜的同意，请了几位各有专长的酋长共同领导治水。其中有掌管教化的契（xiè）、担任农官的后稷（jì）、担任狱官的皋陶（gāo yáo）和掌管山林鸟兽的益。禹又发动洪水泛滥区的百姓，使他们成了治水的主力，比鲧单干独行的治水思路要有效得多。

此外，禹也用心总结了父亲鲧失败的教训。他意识到筑堤堵流的方法行不通，要因势利导，通过沟渠疏散洪水。因此，禹从不盲目动工，每到一处，都会先查清洪水泛滥的原因。他亲自带人勘查山川、河流，竖立标记，哪座山应治理，哪条河应疏导，都一一记下，将山势和水势弄清楚后，才制订治水方案。

采用疏导办法的好处是，洪水退去后，当地就有了可以耕种的土地。水泽、洼地中的积水除了可以用于放养牲畜、生活饮用外，在干旱的时候还可以通过治水留下的沟渠灌溉农田。

总之，禹非常注意综合治理，变害为利，还把治理水患和兴修水利、开辟农田、饲养家畜、发展畜牧结合起来。这种治水的方式既有效又实惠,推行数年后中原地区人民的生活很快就安定下来。之后,参加治水的氏族、部落越来越多,不仅是黄河流域,就连长江、淮水流域的氏族和部落也开始学习禹的治水方法。

伟大的禹

禹是一个以身作则、吃苦耐劳、一心为公的人。

禹的家在嵩山之下,颍(yǐng)水岸边。在外领导治水的十三年中,他很少回家。据说,禹曾经多次经过自己的家门,但一次都没有进去看一眼。治水第一年,禹的儿子出生了,乡邻们让他回一趟家。他说:"万事开头难,现在治水刚开始,哪里有时间回去呢?"大家让他给儿子起个名字,他说:"就叫'启'吧,希望治水能顺利启行。"转眼启五岁了,他听说父亲又一次经过家门,却依旧没有回来,不禁大哭起来。禹治水"三过家门而不入"的故事在后世传为美谈。

作为治水的总负责人,禹并不是只指挥别人干活,反而经常拿着工具和大家一起劳动,帽子掉了都顾不上去捡,一心想着早点治好水患。长期的艰苦劳动使他整

大禹治水

个人都消瘦了，小腿上的汗毛也磨光了。

经过十三年的奋斗，禹终于治服洪水，中原出现了安居乐业的局面。禹的影响遍及黄河南北、江淮两岸，不仅中原地区有更多的氏族、部落加入华夏部落联盟，就连东南的夷族、南方的蛮族和西北的羌戎族中也有不少氏族、部落先后加入了华夏部落联盟。舜召集联盟的酋长们开了一次大会，并举行了隆重的祭祀仪式庆祝治水成功。

由于禹治水立下了大功，后人尊称他为"大禹"，意思是"伟大的禹"。

3. 夏王朝诞生

禹伐三苗

禹治水取得成功，使他在华夏部落联盟中的威望愈加提高，夏部落的势力也随之壮大。此时舜已八十多岁，不得不考虑接班人的事。按照华夏部落联盟传统，接班人的人选必须经过联盟议事会同意，且必须事先征求

"四岳"的意见。但这时"四岳"都已经去世,舜便直接推荐禹为华夏部落联盟首领的接班人,并得到了各氏族、部落酋长们的认同。于是舜告祭于天,正式向天下宣布禅位给禹。

活动在长江中游以南的三苗部落,在尧、舜、禹时期经常和华夏部落联盟发生冲突,双方争战时间长达上百年。舜推荐禹做首领时,三苗又一次起兵作乱。这时禹已掌握领导中原华夏各氏族、部落的大权,形成了一个以夏部族为中心的领导集团。此时他在集团中的权威已然具有至高无上的王权特征,协助禹治水、专掌刑罚的皋陶就曾规定,各氏族、部落的人如果有不听禹的号令和调遣的,就要处以刑罚。为进一步扩大统治区域,统一长江流域,禹决心对三苗进行一次大规模的战争。

禹率领约五千人的主力部队出发南下,沿途联合当地的一些氏族、部落的兵力,直抵三苗活动的根据地江汉流域。三苗驱军前来抵御,然而禹率领的军队组织严密,战斗力很强。战斗刚刚开始,三苗的酋长就被射死,苗军群龙无首,很快就惨败了。

经此一战,禹的势力便扩展到了江淮流域,北狄和东夷的许多氏族部落也都纷纷表示归顺。征伐三苗的胜利，使以禹为首的华夏部落联盟势力有了很大发展，禹个人权力的影响力也远超出了一个地区部落联盟的范围，开始称王，为夏王朝的诞生敲响了开场锣鼓。

涂山大会

几年后，舜因年老而去世，禹为他守孝三年。虽然禹的势力已经很大，但还是按部落联盟的传统，表示愿意让位给舜的儿子商均，自己住到封地阳城（今河南登封）去。但酋长们都不去朝见没有威望的商均，而是朝见禹，仍拥护禹做首领。禹于是在阳城即位，国号"夏后"。

就这样，大约在公元前2070年，我国历史上第一个王朝——夏王朝诞生了。"夏后"也就是"夏王"的意思，古书中称的"夏后氏"就是指以禹为首领的姒（sì）姓夏族。

禹建立的夏王朝以原来的华夏部落联盟为基础，统治范围由中原地区扩大到黄河上下、大江南北。禹封尧的儿子丹朱于唐（今山西翼城西），又封舜的儿子商均于虞（今河南虞城西北）。从前禹当部落联盟首领时曾准备推荐皋陶为自己的接班人，但皋陶去世得早，禹便因敬重皋陶的贤能，封他的后人于英（今河南固始东北）和六（在今安徽六安）。同时，他又分封与夏同姓的姒姓氏族、部落和与夏后氏有婚姻关系的酋长们为诸侯。

为统一江南地区各氏族、部落，巩固对东夷的统治，禹又以君王的身份去东南各地巡狩。行至淮河东岸的涂山（在今安徽蚌埠西）时，禹就在那里住了下来，并与各方诸侯约定在此相会。带着朝贺的贡物从四方赶来的氏族、部落酋长多达万人以上，大国进玉，小邦献帛。众人都称颂禹的功德，表示愿意臣服于夏王朝，称臣纳贡。

会后，禹用诸侯、方伯进献的青铜铸了九个青铜鼎，作为夏王朝的镇国之宝，象征着统一天下九州万国。涂山大会是禹向天下四方宣告夏王朝建立的一个标志，也是禹统一中国的象征。

诛杀防风氏

涂山大会后数年，禹为了巩固夏王朝的统治再次出巡，这次的目的地主要是东南地区。

到了东夷族的地盘后，禹沿途向夷人中的耆（qí）老询问习俗，鼓励夷人勤于农耕，根据农时播种五谷。他告诫夷人的酋长们要讲礼仪、知法度，不要以强凌弱、以大压小，要和睦相处，不要相互攻伐。禹还宣布，今后如果有不听教化的人，夏王朝就要以兵征讨。这些夷人的氏族、部落都感激禹的德教，表示愿意听从禹的训诫，臣服于夏。

之后，禹又来到越地的苗山（在今浙江绍兴境内），并邀请各地诸侯、方伯于次年春天来此相会。第二年，众人带着贡品纷纷赶来。禹在苗山的行宫接受诸侯、方伯们朝见，按照他们的贡献大小给予封赏、赐予封号。

距离苗山不远的防风氏常常欺凌其他部落，想独霸一方。禹巡视至苗山时，防风氏本应先去朝见，却姗姗来迟，故意在会期之后才来。见到禹时不但认为自己迟到无罪，还态度傲慢。

为了警告各地诸侯、方伯，禹毅然下令将防风氏杀掉，暴尸三日。诛杀防风氏是禹行使王权的开始，也是他第一次以君王之权力诛杀诸侯。这说明从夏禹开始，国家已经产生，王权也已确立。

4. "家天下"的建立

世袭替代禅让

由于辛劳过度,禹积劳成疾,在苗山一病不起,不久便与世长辞。建立夏王朝后,禹选定协助自己治水的益作为继承人,但却没有花心思培养他,反而很注意培养自己的儿子启,将不少政务交给启处理。禹死后,益仍按照部落联盟的传统,为他举行葬礼,并守孝三年。

然而三年后,益却没能继承王位。诸侯们并不拥护他,不去朝见益,而去朝见禹的儿子启,百姓遇到诉讼也只去找启。益深知自己无力对抗夏后氏的势力,便避居箕山(在今河南登封南)南面。于是启便取代益登上了夏王的宝座。从此,父传子、"家天下"的世袭制代替了选贤举能、"公天下"的禅让制,成为王位延续的主要方式。

启即位后,先是带兵在甘地(今陕西西安)打败了反抗自己掌权的有扈(hù)氏部落,又效仿涂山大会的办法,下令各地诸侯、方伯前来钧台(今河南禹州南)相会。为了显示君王的威仪和夏王朝的富有,启在这次大会上大宴群臣，吃的都是当时稀有的山珍海味，喝的都是香甜的佳酿。相传禹在位时有一个名叫仪狄的人，用黍酿造出了醇香甘甜的美酒。酒既可以助兴，又能显示出粮食充足，启因此便用酒来款待诸侯。启还用贵重的青铜所铸的鼎、彝、尊等器皿来煮肉和装酒，至于陶、竹、木等材质的器具就更多了。丰盛的酒食和琳琅满目的精美器皿，使不少诸侯、方伯大开眼界。

启的弟弟武观（也有人说是他的儿子）看到钧台大会的铺张奢华，十分羡慕，心想若是自己能够登上王位，那该有多么威风！从此便生出异心。启发觉后，将武观流放到黄河西岸的西河。谁知武观并没有消停，又在西河拥兵作乱，启只得命令彭国（在今江苏徐州）的方伯寿带兵征伐。武观最终兵败被杀。

就这样，启在灭有扈氏、诛杀武观后巩固了统治，终于坐稳夏王朝新一任君王之位。

太康贪玩失政

启在巩固统治之后过了几年安稳日子，之后便因生病去世了。启死后，他的儿子太康继位为夏王。

相传太康即位后便将国都迁至了斟鄩（zhēn xún，今河南巩义）。太康是个安于现状的君主，热衷于打猎游玩，对朝政和国家大事不管不顾，也不关心百姓的生活。他觉得在都城附近游猎还不够尽兴，就跑到洛水（今洛河）以南打猎，而且越玩越过分，有一次百余天都没有返回都城。

黄河以北有穷（qióng）国的方伯后羿（yì）箭法出众，称得上百发百中，但野心也很大。他见太康昏庸无能，不仅百姓怨恨，诸侯、方国也开始离心离德，便趁机带兵占据夏都，并派重兵把守洛水北岸，阻止太康返国。当太康在洛水南边尽兴游猎、满载而归时，却发现自己已经回不了国都，只得暂住洛水南岸，向东流亡，找了个地方筑城定居下来，此地后来也因此得名太康（今河南太康）。太康在这里一住就是大约十年，直到病死，再也没能返回国都。

另一边，后羿夺取夏王朝的政权，自己当了国君，成为夏王朝的实际掌控者，但他也不关心百姓死活，沉溺于打猎游玩。相传有个名叫寒浞（zhuó）的人，他很会拍马屁，花样百出地出主意让后羿尽情玩乐，深受后羿宠信。后羿因为经常外出打猎，便把大权交给了寒浞。

寒浞则生出异心，收买了后羿身边的亲信随从，趁后羿在外打猎时将他杀死。寒浞由此夺取了有穷国大权，还霸占了后羿的妻妾和财产，自称"有穷国王"。

少康复国

后羿驱逐太康后，对夏后氏家族并没有赶尽杀绝。太康的弟弟仲康见哥哥久久不归，便在一些贵族和大臣的支持下在斟鄩建立了一个小朝廷，做了夏王。仲康不到二十岁就死了，留下一个年幼的儿子相，在王室贵族们的保护下迁居到了帝丘（今河南濮阳）。但寒浞总觉得这是后患，就派自己的儿子浇带兵杀死了相。

相自迁居帝丘到被杀，中间约有二十年。相的妃子后缗（mín）是有仍氏部落（在今山东济宁）方伯的女儿，当时已怀孕，逃回家乡后生下了儿子少康。少康长大后，在有仍部落做了牧正，也就是主管畜牧的官。浇知道后，就派人到有仍搜捕少康，少康只好逃到有虞氏部落（在今河南虞城）。当地的诸侯虞思热情地接纳了少康，让他做庖（páo）正，也就是掌管膳食的官。虞思又把两个女儿嫁给他，把纶（今河南虞城东）这个地方分给他住。

少康于是有了方圆十里的土地，还有五百个人可供差遣。少康广泛施恩布德，暗中聚集起忠于夏王朝的人，安抚曾在夏王朝做过官的人，为复国大业做着准备，伯靡就是其中的一位。

此前逃往有鬲（gé）氏部落（今山东德州北）的伯靡得知少康是相的遗孤后，便用大禹的功德来鼓动人们联合起来，消灭寒浞。他组织了一支很有战斗力的武装，率领这支队伍攻入有穷国的国都穷石，杀死寒浞，将少康迎回夏都。持续了约四十年的有穷国就此灭亡。

各地诸侯、方伯得知少康回到夏都，纷纷带着贡物前来朝贺。夏王朝自太康时被后羿夺取政权，失去对全国的统治以后，经过三代人约四十年的斗争，终于重新恢复了统治。后世称少康灭有穷国、重建夏王朝的统治为"少康中兴"。

读史点评

　　约在公元前2070年，禹建立起中国历史上第一个王朝——夏王朝。在氏族、部落大大小小的兼并战争中，以禹为首的夏族是势力最强大的，对三苗征伐的胜利，显示出夏军巨大的军事威力，因此统一的任务顺理成章由禹建立的夏王朝来完成。而禹的儿子启取代益继承王位，标志着父传子的王位世袭制打破了以往选贤举能的禅让制，历史从"天下为公"的"公天下"时代进入到世袭制的"家天下"时代。

思考题

同样是治理洪水,为什么鲧失败了而禹却成功了?比较一下他们治水的方式,说说你的看法。

第三章

大商六百年

1. 商的兴起

玄鸟生商的传说

《诗经》有言:"天命玄鸟,降而生商。"这里说的"玄鸟"就是燕子。

传说黄河下游有个很大的游牧部落,部落里有个名叫简狄的姑娘。某天她在河边洗澡,看见一只燕子飞过,又捡到一枚燕子蛋,把它吞吃了下去。没过多久,简狄就怀孕了,后来生下一个男孩,这就是商族的始祖——契。

商部落在发展过程中也和其他古老的部落一样,经历了"知其母不知其父"的母系氏族社会阶段。这个部落崇拜鸟,可能是以燕子为图腾,这也是当时东方氏族部落的一个共同特点。传说秦人的祖先叫大业,他的母亲叫女修,也是吞吃了燕子的蛋后生下儿子。这些传说共同反映了商族和秦人都起源于中国的东部。

契因为协助大禹治水有功，被舜封在商地（今河南商丘）。商族自此逐渐发展壮大，传到第十四代的商汤（又称"成汤"）时建立了商王朝。

传说契死后，他的儿子昭明继位。夏王朝建立后，昭明被封为商侯。他听说北方有平坦的大草原，便带着族人和马、牛、羊等畜群前去寻找适合居住的地方。

他们跨过黄河，走到了砥（dǐ）石（今河北石家庄南、邢台以北），在这里居住了下来。砥石地势平坦，水源丰富，茂盛的草原适合放牧，畜群繁殖很快，商族的日子也一天比一天富足。周围一些氏族、部落见状便起了贪念，想夺取商族的财富。昭明死后，他的儿子相土为了避免争端，便率领族人回到了原有的封地。

相土回到商地后，开始大力发展畜牧业和农业种植。相传，他用槽喂和圈养的方法来驯养马，已经能够使用马来驮运和拉车。有了更多的牲畜和粮食作基础，商族的势力一天天发展壮大起来。在古代，凡是畜牧业比较发达的部落，武力也都比较强盛。于是，相土便开始使用武力，向东征伐一些方国和部落，开拓疆土。

在夏王朝的各个诸侯中，相土很有威武之名，他曾率领军队征服沿海地区和海岛上的部落,势力可能已经到达黄海之滨。

赶着牛马做生意的"商人"

传说相土的曾孙冥是夏王朝的水正,也就是管理治水工程的官。冥受命为水正以后,勤勤恳恳,从不懈怠。他治理黄河时效仿大禹的方法,勘察水情,了解水患的原因,疏通河道,开挖沟渠,还贡献了许多马匹来帮忙驮运东西。后来,冥在治水时不慎被淹死,以身殉职,是一位忠于职守的治水英雄。

冥死后,他的长子王亥继位。王亥没有承父业继续做夏王朝的水正,转而一心经营牧畜业。在当时,马虽然使用起来方便,但它们主要产于北方草原,中原地区还比较少,且饲养起来很困难。王亥见状,就开始动起了脑筋。他看到牛的速度虽然不如马快,但更好繁殖,驯养也容易,便驯服了牛用来拉车和驮运。

三千年前的华夏大地上,被开垦过的土地还很少,大部分地区河流纵横、树木丛生,仍是鸟兽虫蛇的世界。因为交通不便,各地之间的往来很不容易。即便是一些较大的方国和部落之间，也只有少数道路可通，很难进行贸易交换。王亥便经常驱赶着牛羊，或用牛马驮运土特产品在东方地区各方国、部落间进行贸易。大家知道他是商族人，都称他为"商人"。现在我们把做生意的人叫作"商人"，可能就是这么来的。

王亥死后，他的儿子上甲微即位。自上甲微到汤的父亲主癸（guǐ）一共经历了六世，此后王位传到了汤手中。

2. 商汤灭夏桀

夏桀的无道

少康之后，历经二百多年、十位君王，夏王朝迎来最后一位继任者——桀（jié）。夏王桀是有名的暴君，相传他力大无比，能徒手折断钩索，生擒野牛和老虎。他沉溺于声色享乐，好喝酒，性情暴躁，动辄杀人。有施氏部落曾起兵叛乱，被镇压后投降，将一个名叫妺（mò）喜的美女献给桀。

桀见妹喜美貌出众，对她很是宠爱。妹喜嫌弃王都斟鄩的宫殿陈旧，桀为了讨她欢心，下令在今天的河南洛阳附近修建离宫，也就是皇帝出行在外时的住所。这宫殿十分高大，从地面往上看有将要倾倒的感觉，故取名"倾宫"。在倾宫里，有用玉石砌成的华丽的楼台宫室，桀和妹喜居住其中，日夜饮宴作乐。

桀在倾宫中往下看，感觉自己像在天上一般，便自比为太阳，高高在上，永远存在。然而修建倾宫的费用都是从百姓那里搜刮来的，人们不堪其苦，便指着太阳咒骂桀："这个太阳什么时候灭亡？我们情愿与你一起灭亡！"桀的暴虐贪婪也引起了诸侯、方伯的不满和反抗。他为了控制形势，下令在有仍会见诸侯、方伯。夏王朝东部的方国有缗（mín，今山东金乡）的首领不满桀的做法，大会还没结束就回国了。桀为此大怒，竟出兵灭了有缗。诸侯、方伯们从此对夏王朝更加离心离德，反抗的人也越来越多。

也有大臣好意劝桀爱惜民力，不要只贪图享乐。桀不但听不进去，反而变本加厉，在倾宫中修建了一个很大的池子，在里面灌满了酒，称之为"酒池"。他还下令将一只彩船放在池中，歌女们在船上演奏"靡靡之乐"，青年男女奴隶在池边一边饮酒,一边载歌载舞。桀与妹喜在这里通宵达旦地寻欢取乐,甚至一个月都不出宫处理朝政。

大臣关龙逄(páng)实在看不下去,便手捧绘有大禹治水和涂山大会等事迹的皇图来到倾宫求见桀。皇图是古代王朝绘制给后代帝王的宣扬祖先功德的图册,以便他们效法祖先去治理国家。关龙逄希望借此使桀意识到,只有效法先王,像始祖大禹一样节俭爱民,赢得天下诸侯的拥戴,才能江山稳固。如果再挥霍无度、任意杀人,亡国的日子就不远了。可桀不仅不听,反而将关龙逄斩杀,更将皇图焚毁。桀还警告朝臣,再有像关龙逄这样来进言的将一律杀头。

商汤的崛起

夏朝末年国力衰弱,已经无力控制诸侯国势力的发展。这时活动在东方的商部族已经强大起来,汤继位时,正是夏桀暴虐无道、天怒人怨的时候。他见时机有利,便着手准备灭夏。他首先将都城从商邑迁到了亳(bó,今河南商丘北),在那里积蓄粮草、招集人马、训练军队。

商部族的权力很大，可以不经夏王的批准而出兵，用武力征服了不少诸侯国，第一个就是位于亳西面的葛（今河南宁陵北）。掌管那里的葛伯是夏桀在东方诸国的耳目，起初，汤原打算向葛伯示好，把他争取到自己这边来。

在当时，祭祀天地鬼神是国之大事，极受重视，葛伯却很久没有举行过祭祀了。汤得知此事，派人前去了解原因。葛伯知道商国有很多牛羊，就对来人说："祭祀是很重要，可我们没有牛羊，拿什么当祭品呢？"汤便派人挑选牛羊送给葛伯。葛伯将牛羊吃了，仍然不祭祀。汤再次派人询问，葛伯又说："我们的田里种不出粮食，没有能做贡品的酒饭，所以举行不了祭祀。"汤便派人去葛地帮忙种庄稼，还负责他们的饭食。葛伯非但不领情，还经常派人抢饭食，甚至杀了个送饭的孩子。

汤见葛伯死心塌地与商为敌，便改变初衷，率兵把他杀了。对于这一行动，诸侯中不但没人反对，还纷纷指责葛伯不仁，被杀是咎由自取。不少百姓更是因为不满夏桀的暴虐，盼望商汤前来征伐，把他们从夏王朝的统治下解救出来。就这样，以伐葛为开端，汤接连征服了十一个诸侯国。

商汤不光行事果断、武力强大，也是一个仁义之人。有一次，他在郊外的林子里看到一个农夫正在挂网捕捉鸟兽。这个农夫在东、南、西、北四面都挂好网后，跪地祷告："求上天保佑，愿天上飞的、地下跑的，从四方来的鸟兽都到我的网中来。"汤听后感慨道："这样张网会把鸟兽给捉光的，只有夏桀才会允许这么做。"于是便叫人把网撤掉三面，只留一面，并跪地祷告："天上飞的、地下跑的，要往左就往左，要往右就往右，要飞走就飞走，要下来就下来，不听从命令的，就到我的网中来吧！"农夫深受感动，就照汤的做法只留下一面网。这个故事就是"网开三面"这个成语的来源。

汤的仁义之举很快在诸侯中传扬开来，大家见到他对鸟兽都这么仁慈，都称颂不已，归顺商的诸侯越来越多，汤的势力也更强大了。

率军伐桀

桀得知汤正在征伐诸侯、扩大势力，隐隐感到威胁，便派使臣召来汤，将他囚禁在钧台。商的右相伊尹等人见状，收集了许多珍宝、玩器和美女献给桀，请求他释放汤。桀贪财好色,禁不住诱惑,竟真的下令释放了汤。

桀囚禁汤的事在诸侯、方国中引起了很大恐慌,原来臣服于夏的属国,也因惧怕桀的暴虐纷纷投奔商。汤回到商国后,看到前来归顺的人越来越多,自身实力不断壮大,便率兵接连灭掉几个方国,还停止了对夏的进贡。桀当然不能坐视不管,便命东夷的军队征伐商汤。谁知东夷的首领们眼见夏朝将亡,都不听桀的调遣。伊尹见灭夏的时机终于成熟,便奏请汤率军伐桀。

夏商两军在鸣条(今山西夏县西)之野相遇,展开决战。士气低落的夏军节节败退,桀逃到南巢(今安徽寿县东南)后被商军捉住。汤将桀流放到南巢的亭山,在商朝建立后的第三年,桀最终因忧愤病死于亭山。汤率军西进,占领夏都斟鄩,并举行祭天仪式。至此,持续四百多年的夏王朝灭亡。

之后,汤率军回亳,各地诸侯、方伯以及大大小小的氏族、部落的酋长们纷纷携带贡品到亳来朝贺,表示愿意臣服于汤。在诸侯的拥戴下,汤被推举为王,并告祭于天,宣告了商王朝的建立,时约公元前1600年。

3. 伊尹放太甲

桑林求雨

商王朝建立后,为了有效控制四方诸侯、部落和前朝遗民,巩固统治,汤和伊尹将王都迁到西亳(今河南偃师)。

然而,没过多久,商朝就发生了一场严重的旱灾。河流和水井都变得干涸,草木枯焦,土地开裂,长不出庄稼,百姓的日子快过不下去了。从旱灾发生起,汤就在王都的郊外设立祭坛,派人举行祭祀仪式,祈求上天降雨除旱。然而并没有什么效果,大旱持续了整整七年。汤见郊祀也求不来雨,就命史官们到一座林木茂盛的山上,在一个叫作桑林的地方设起祭坛,亲率大臣祭祀求雨,却还是没有下雨的兆头。

史官们占卜了一下,说祭祀时得用"人牲",也就是说要将活人放在柴堆上焚烧,献给上天享用,以祈求降雨。汤听了以后说:"祭祀求雨本是为了造福百姓,怎么能牺牲百姓?如果一定需要人牲,就由我来做吧!"于是,汤剪去头发和指甲,沐浴洁身,向上天祷告:"我一人有罪，不能惩罚万民，即便万民有罪，罪也都在我一人，不要因为我一人没有才能，就使上苍鬼神伤害万民的性命。"祈祷完毕，汤便坐到了柴堆之上。结果火还没点燃，就突然下起了大雨。

久旱必有大雨是自然规律，可迷信的古人并不这样认为，他们觉得是商王汤忘我牺牲的精神感动了上天，于是降下大雨解除了旱灾。大家纷纷称颂汤的德行，四方诸侯、方伯也对汤更加敬重和拥护了。

被放逐的太甲

商王汤在位约十三年，因勤政爱民而一直受到百姓们的拥护爱戴，最终因病在王都去世。汤的儿子外丙和仲壬先后继位，其中，外丙当了三年商王，传位给弟弟仲壬，仲壬在位四年而死。

之后，汤的嫡长孙太甲继承王位。太甲见四方臣服，风调雨顺，五谷丰登，国势兴旺，便不理政事，只知享乐，对不顺从自己的人任意处罚和杀戮。

这时，仍担任宰相的伊尹多次出言相劝，希望太甲像汤那样做个爱护臣民的好君王。太甲不但不听，反而认为伊尹管得太多，疑心他想要篡位。伊尹见怎么劝都没有效果，担心商王朝的江山会毁于一旦，就把太甲囚禁在离王都不远的桐地宫室，并暂由自己代管国政。桐地是商王朝的皇陵所在地，建有离宫，相传汤死后即葬在桐宫。

太甲在桐宫被囚禁了三年，终于意识到自己之前的所作所为确实不对。伊尹见太甲有心悔过，就把他接回了王都，并还政给他。重新成为商王的太甲痛改前非，效法汤以德治民。百姓终于得以安居，四方诸侯也年年都来朝贡。

太戊修德胜"妖"

太戊是太甲之孙，商的第九代君王。太戊即位时还很年少，和太甲执政初期很像，只知享乐，不理国政。

这时担任丞相的伊陟（zhì）和父亲伊尹一样，也是一位忠君爱国的贤臣。自太甲到太戊的哥哥雍己，商王朝处于一段稳定发展的时期。但几十年下来，一些诸侯、方国也逐渐强大，雍己时已有诸侯不再向王朝进贡和朝贺，如今这种情况更是严重。眼看国之根基不稳，君王又无进取之心，伊陟很是担忧。

有一次，王宫的庭院中长出一棵桑树，桑树下又长出一棵楮（chǔ）树，两棵树连在一起，七天的时间就长得很大。这本是一种偶然发生的自然现象，但当时的人不知道是怎么一回事，都认为一定是有什么妖怪在作祟（suì），太戊对此也感到十分忧惧。伊陟见状，便乘机劝诫说："臣听说妖怪胜不过仁德，如果大王善政修德，以德治民，自然能够免除祸害。"

商人迷信鬼神，太戊听了果然痛改前非，勤于政事，修德治国。而那两棵被视为妖怪的树木，后来也自然枯死了。此后，伊陟等人大力宣扬太戊的德政，说上天正是有感于此才降下福佑，使得妖树惧怕而枯死。太戊也很高兴，特意让大臣巫咸在王都郊外举行了一次隆重的祭祀山川仪式，以感谢天降福佑。

太戊修德胜"妖"的宣传，还起到了安抚民心、收服诸侯的作用。没过多久，各方诸侯便纷纷前来进贡。最先来朝贺的是西方的部落西戎，随后，太戊也派朝臣王孟为使节，带了中原地区的一些特产和青铜宝器，前往西戎各部落进行慰问。

由于太戊和伊陟君臣治国有方，到了太戊晚年，就连东方自汤以后时叛时服的九夷也纷纷入贡朝见,太戊执政期间也成为商王朝自太甲以来最兴旺发达的时期。

4. 盘庚和武丁

九世之乱

太戊死后,他的儿子仲丁继位。此后的三百年间经历了仲丁、外壬、河亶(dǎn)甲、祖乙、祖辛、沃甲、祖丁、南庚、阳甲九位商王。兄弟子侄之间为了王位争夺不休,造成九世混乱的局面,王都也先后由亳迁到嚣(今河南荥阳)、相(今河南内黄南)、耿(即邢,在今河南温县东)、庇(今山东鱼台附近)、奄(今山东曲阜)。

这三百年间五次迁都,除了因为王都近河傍水容易发生水灾外,还有方便控制四方的考虑,更重要的则是为了摆脱王室贵族在旧都中形成的各种势力,缓和内部矛盾。这九世中,祖乙算是一位有能力的商王,基本控制住了内部纷争,也没有引发诸侯、方国的反叛。但在他之后,王朝内部的斗争又重新变得严重,诸侯、方国乘机发展自己的势力，不再进贡朝见。

阳甲死后，他的弟弟盘庚继位，这时商王朝正面临着内忧外患的局面。一方面，王族内部矛盾激烈，不少王室贵族每迁都到一个新地方，都要抢占大片土地、成群的牲畜，占有大量的奴隶，很快形成新势力。他们过着骄奢淫逸的生活，还想让子孙永葆特权，彼此争夺不休。另一方面，王朝北部和西北的一些方国也日益强大起来，威胁着商王朝的统治。

当时地处泗水之滨的奄都，虽没有大的水患，但水涝却常常影响农业生产，老百姓的生活得不到保障，产生了不满情绪。奴隶们不堪压迫，怠工、逃亡的反抗斗争也不断发生。危机四伏的形势促使盘庚在即位后的十多年中，不得不考虑如何挽救九世之乱所造成的衰弱和混乱局面。

盘庚迁殷

盘庚是一位有抱负的商王。他想效法先王汤、太戊、祖乙来一番变革，却遭到了王室贵族的反对。他对外注意加强同诸侯、方国之间的联系，争取到了应国（今河南鲁山东)的应侯来朝见。但当时就连曾与商关系不错又离奄都不远的彭、韦两个方伯都背叛了商,不再来朝见,更不用说远在北方和西北地区强大起来的方国了。盘庚见再这样下去,商王朝有灭亡的危险,便以奄有水患为借口,决定迁都到殷(今河南安阳)。

其实,迁都是盘庚经过慎重考虑做出的决定。殷地处黄河以北、洹水之滨,离旧都奄比较远,可以削弱王室贵族在旧都发展起来的势力,缓和王族内部矛盾。同时,殷也离水涝较多的泗水流域较远,更有利于农牧业的发展。另外,殷的地理位置也可以让商朝更好地对付北方和西北地区的方国,控制四方诸侯。

在公元前1320年至公元前1300年间,盘庚成功地将王都迁到了殷。在商王朝约六百年的历史中,盘庚将王都由奄迁到殷是一个转折点。自盘庚迁殷起,此后二百多年间商王朝再也没有迁过都。殷不仅是商王朝最重要的都城,也成为商王朝的象征,后世也称商朝为"殷商"。

经过盘庚的迁都和整治,不少诸侯、方国和部落酋长前来进贡朝贺,衰弱的商王朝又开始复兴。盘庚死后先后由他的弟弟小辛和小乙继承王位,而商王小乙就是

盘庚迁殷

缔造商朝盛世的一代英主武丁的父亲。

武丁中兴

小乙继位时,武丁已经是一个二十岁左右的青年,他聪明好学,深得小乙的喜爱。为了将武丁培养成为优秀的继承人,小乙派他到王都以外的地方去游历锻炼。

离开王都后,武丁为了解民生,隐居在黄河岸边。在那里,他接触到不少平民和奴隶,有时和他们一起参加农业劳动,因此知道了种庄稼的艰难。为增长见闻,武丁也留心在民间访贤拜师。有一次,他来到虞(今山西平陆一带),听说一个名叫甘盘的人很有学问,就前去拜访。甘盘是个学识渊博的隐士,他向武丁讲述了商朝自汤灭夏建国以来三百余年的兴衰史。武丁听后很受启发,便拜甘盘为老师。又有一次,武丁行至虞山时被一道涧水拦住了路,就逆流而上走到了山岩上。当时有许多奴隶正在修筑土堤,好将水隔开,防止道路被冲毁。其间,武丁和一个名叫傅说(yuè)的奴隶聊起来,从民生一直谈到时政。武丁非常欣赏傅说的才华,暗下决心,日后有机会一定要重用他。

武丁继承王位后,果然任命甘盘为辅政大臣。他还想任命傅说为相,但是担心他的奴隶身份会引起大臣们的反对,便想出了一个法子。当时的人们迷信鬼神甚过王命,武丁便对大臣们说自己梦见上天赐给他一位圣人,得到这位圣人的辅助商朝就会变得兴盛。武丁在大臣中一一查核有没有人符合他梦中圣人的长相,结果当然是没找到。于是,他便派人到民间寻访,没多久就找到了傅说。大臣们见傅说与武丁描述的圣人相貌完全一样,都很高兴,傅说就这样顺利地被任命为相。

　　武丁在几位贤臣的辅佐下,带领商王朝走向了强盛。数年之间,从王畿内到边区开垦出许多农田,山林、草原上牛羊成群,农业和畜牧业一片兴旺。武丁也对四方方国、氏族进行了征伐,到其统治晚期,商王朝统治的中心区虽然仍在黄河中下游的中原地区,但其势力已经达到了东起辽东和山东半岛,西至陕西和甘肃南部,北自内蒙古自治区南部和河北北部,南抵江淮流域的广大区域。商朝这段兴盛期在历史上也被称为"武丁中兴"。

5. 从强盛到衰落

武丁后的商王

武丁很有远见,他将王室亲贵分封到国都四周或方国任职或戍守,既捍卫了商的统治,也减少了王族内部矛盾。他在位时间长达五十九年,其间商朝王室内部较为安定。武丁死后,其子祖庚继位。当时祖庚已经有些年纪,坐享几年清福就病死了。

之后,祖庚的弟弟祖甲继位。祖甲在位时是商王朝最兴旺的时期,四方称臣,远近纳贡。祖甲目睹武丁时开疆辟土的战争不断,造成了许多人家破人亡、生活贫困,于是更注意休养生息,不再进行大的征伐战争。晚年时,他担心贵族的奢侈贪婪会引起方国和民众的反抗,便修订商汤所定的刑法《汤刑》,想借祖宗的余威以严刑来限制贵族。结果贵族们并不买账,还故意刁难,应该朝贡的也不朝贡,大有各自为政之势。这些行为虽然没有引起大的混乱,实际上却削弱了商王朝的统治。

祖甲死后,他的儿子廪(lǐn)辛和康丁先后继位。廪辛在位约三到四年,康丁在位约八年,死后由儿子武乙继位。武乙在位时崇尚武力，酷好田猎，不满史官借助祭祀、占卜来干涉自己，便打算加强王权、打击神权。他让人制作了一个木偶，称它为"天神"，让史官代替天神与他赌博。结果武乙连赢三局，于是他问史官："你既能替天神言事，为什么还会输？可见天神无灵！"然后下令将木偶痛打了一顿。不仅如此，武乙还让人在郊外立了一根很高的木杆，把灌满牛羊血的皮囊挂在杆上，下令史官、朝臣和老百姓来看他"射天"。他对着天空放箭，射破皮囊，然后对大家说："看，天也被我射得流血了。"自此以后，史官们再也不敢干预武乙了。

后来，武乙在某次打猎途中遇上雷雨交加的天气，在山顶被雷电击死了。之后，他的儿子文丁继承王位。文丁死后，由儿子帝乙继位。帝乙时商王朝的统治较为巩固，原来叛商的一些方国又臣服于商。帝乙死后，儿子帝辛继承王位，这位帝辛就是商纣王。

纣王无道

纣王帝辛见多识广、能言善辩，而且力量过人，能徒手与猛兽格斗。传说他曾拉住牛尾，把九条牛拽得向后倒退；还能面不改色地用手托住宫殿大梁，让人换掉梁下的柱子。然而，纣王骄傲自大，听不进别人的劝谏，对反对他的人施以酷刑，轻者致残，重者丧命。

纣王还贪图享乐，喜欢美女歌姬，特别宠爱一个名叫妲（dá）己的妃子，对她言听计从、百依百顺。他嫌商都可供玩乐的地方太少，宫殿也陈旧土气，便在朝歌（在今河南鹤壁）、沙丘（在今河北广宗）、邯郸（今河北邯郸）等地修建离宫别都。他在自己和妲己居住的朝歌修建起又大又高、可以眺望四方的高台，取名为"鹿台"。还在酒池旁边的树上悬挂美味的熟肉，供自己通宵达旦地饮酒作乐。

为了弥补庞大的财政支出，满足自己的享受，纣王下令在全国增加赋税，又增加属国进贡的次数。他在殷都与朝歌之间修建了一座很大的仓库，取名"钜桥"，用来贮藏搜刮来的粮食。老百姓被逼到没吃没喝的地步，奴隶纷纷逃亡和暴动，一些贵族和诸侯、方伯也对纣王的倒行逆施感到不满。

然而，纣王不仅不思悔改，还想出了一种被称作"炮（páo）格"的酷刑，用来惩罚那些不听话的人。他给大铜柱涂上油，下面燃起熊熊的炭火，让人光着脚在铜柱上走。铜柱又滑又烫,人没走几步就掉进炭火里被活活烧死,纣王和妲己却在一旁看着这种惨状取乐。

商王朝的内忧外患

纣王的哥哥微子启见弟弟如此残暴,担心社稷不保,多次劝谏,可纣王根本听不进去,微子启对国家的前景满心绝望,最终选择逃离朝歌。纣王的叔父箕子怕话说太多会招来横祸,便装疯卖傻,整天和奴隶混在一起,结果还是被纣王关了起来。

纣王的另一个叔父比干眼看周国一天天强盛起来,已对商王朝构成严重威胁,心里十分着急。他说:"看到国君有错就劝阻谏,不采纳我的正确意见就以身殉职,这才是真正的忠。"比干抱着必死的决心,劝纣王不要侈靡过度,要爱护百姓,关注国家的安危。纣王不但不听,还生气地说:"我听人说,绝顶聪明之人的心与众不同,是不是你的心有七窍,才敢这么大胆?"于是下令处死比干,还挖出了他的心。

比干惨死的消息震动了朝廷内外。太师疵(cī)、少师强(qiǎng)看到纣王已不可救药,担心自己也遭到毒手，便悄悄把宗庙里的祭器和乐器收拾起来，当作见面礼，转而投奔周国去了，商王朝的统治也愈发风雨飘摇。

除了内部出现分崩离析的预兆，商王朝的外部也危机四伏。早前，长江、淮河之间和山东半岛一带的东夷拒绝缴纳贡赋，发动了大规模叛乱。纣王不顾大臣们要防范周人的劝谏，举全国之力对东夷开战。这场旷日持久的战争虽然以东夷的失败而告终，但商王朝也元气大伤，损耗了大量财力和人力。而纣王将大批军队调去征伐东夷和戍守东南地区，放松了对西部周人的警惕，终被周武王趁机袭其后路，商王朝最后国破人亡。

读史点评

商王朝自商汤开国至纣王灭亡，前后统治长达六百年左右。汤是商王朝的开国之君，他行仁义之举，赢得了四方诸侯、方国的归附和天下百姓的拥戴，最终取代昏庸的夏桀，统一纷乱的中原，控制了黄河中下游地区。其势力所及，远远超过了夏王朝。然而太戊之后，从仲丁到阳甲的三百年间，商朝历经九世之乱，内外交困。盘庚迁殷后，衰弱的商王朝又开始复兴，为武丁时的强盛奠定了基础。武丁以后，商朝开始走下坡路，最终亡于暴君纣王之手。

回顾夏商两朝的历史，两者既有夏禹和商汤这样以"俭约仁义"名垂后世的开国之君，又有少康、武丁这样雄才大略的中兴之主，却都无可避免地亡于只顾享乐、无视百姓疾苦的昏君苛政之下。诸多王朝的兴起和衰亡，大多伴随类似的情形，这不禁引人掩卷长思。

思考题

同为勇猛好战之人,为什么武丁带领商王朝走向了强盛,而纣王却把商王朝送进坟墓?说说你的看法。

第四章

西周的兴起与衰落

1. 周的兴起

被丢弃的孩子

周族原是活动于我国西部地区渭水流域的一个古老民族。周族的始祖后稷（jì）原名叫"弃"，意思是"被丢弃的孩子"。传说，弃的母亲叫姜嫄（yuán）。有一天，姜嫄和同伴去野外游玩，看到路上有一个巨大的脚印，好奇之下便踩了上去。之后，姜嫄觉得肚子里好像有什么东西动了一下，自此便怀孕了。

十月怀胎，一朝分娩。姜嫄害怕这个没有父亲的孩子会给自己带来灾祸，便把他丢进小巷，想让路过的牛马把他踩死。可神奇的是，牛马都绕着这个孩子走，没有踩他一脚。姜嫄又把孩子丢进人迹罕至的深山密林，可不知为什么，密林深处偏巧来了许多人，这个孩子又逃过一劫。姜嫄仍不放弃，把孩子丢在了结冰的河面上，这时一群飞鸟却落了下来,把毛茸茸、暖烘烘的翅膀盖在孩子的身上。姜嫄看到孩子历经大难而不死,便改变想法,希望好好将他抚养成人。

弃无父而生的传说,是周族曾经历过母系氏族社会的历史写照。随着私有财产的产生,发生了由母系氏族社会向父系氏族社会的深刻转变。在父系氏族社会里,血统以父系血缘关系计算,以确保能够把财富传给自己确切的儿子。而姜嫄之所以千方百计要把不知生父为何人的弃丢掉,也可能是因为受到了父系氏族社会舆论压力的影响。这说明,当时周族社会母权制的残余已经基本消失,逐步确立了父权制。

从后稷到太王

弃以擅长农艺著称。他懂得分辨土质好坏,也会根据土质的不同安排耕种,所以庄稼收成总是很好。尧得知后,就任命弃为管理农业的官。弃把自己的耕种之道推广到各地后,果然大获丰收,也因此受到了尧的奖励。在舜的时代,弃参加过禹治理洪水的斗争,还在洪水退却后教百姓种植百谷。由于管理农业有功,弃被舜封在邰（今陕西武功），人们称他为"有邰氏"，又由于封地近姬水，因此也称"姬氏"。这个姬姓的弃因为是管理种植黍稷的农官，所以人们尊称他为"后稷"。

后稷在部落中享有很高的威信，据说他死后传位给儿子不窋（zhú）。不窋在夏朝时也担任农官，但当时的夏王太康只知享乐，并不关心农业，还罢了不窋的官。不窋丢官之后，便率领姬姓部落逃到戎狄地区放牧牛羊去了。

不窋死后，传位给儿子鞠。鞠死后，传位给儿子公刘。公刘对畜牧业不感兴趣，一心只想恢复后稷重视农业的传统。他见隔渭河相望的豳（bīn）地（今陕西彬州、旬邑一带）有山有水，土地肥沃，很适合农作物生长，就率领部落里的人迁到这里。据说这时的周人已经能够使用天然的陨铁来制作生产工具了。

从公刘开始，先后共有十代人居住在豳地。到了姬亶的时候，邻近的戎狄部落看姬姓部落人民生活富裕，便经常过来勒索财物、侵占土地。于是，姬亶就率领族人迁居到了岐山南面的一片平原——周原（今陕西岐山、扶风交界一带）。自那之后，姬姓部落的人就被称为"周人"，即居住在周原的人，姬亶也被周人尊称为

"公亶父"。

公亶父在周原这片肥沃的土地上大力发展农业生产，设官分职，修建宗庙、宫殿和城郭，革除戎狄之俗，即原始氏族社会的残余习惯。周人建立了自己的国家，公亶父就是这个刚刚诞生的周国的君主，后来被周武王追尊为太王。

周文王忍辱负重

公亶父有三个儿子：大儿子叫太伯，二儿子叫虞仲（又称"仲雍"），三儿子叫季历。公亶父死后，周人打破"传位以长不以贤"的惯例，由能干的季历继位。季历带领周族积极向外扩张，逐渐威胁到了商王朝的统治，引起商王文丁的疑惧。文丁便找了个借口把季历囚禁起来，季历在忧愤之中死在了商都。季历死后，他的儿子姬昌继位，这就是后世有名的周文王。

为报杀父之仇，在文丁之子帝乙在位的第二年，姬昌曾不顾国力的差距出兵伐商，结果大败而归。于是他改变策略，表面上假装臣服，暗中却加紧灭商的准备。姬昌成功地迷惑了商王朝，被商王封为"西伯"，也就是西部的霸主，与九侯、鄂侯合称为"三公"。此后，他大力发展农业，努力增加人口，敬老爱少，广求天下人才，连离周原很远的地方也有人前来投奔。姬昌将周国治理得井井有条，在诸侯国中的威望也越来越高，引起了商纣王的猜忌。

当时，九侯有个女儿长得很美，被纣王选入宫中。后来她因看不惯妲己的淫荡而被纣王杀死，连九侯也被剁成肉酱送给了各地诸侯。鄂侯为此指责纣王，纣王便将他杀了制成肉干。身在商都的姬昌得知此事后只说了一句"太过分了"，就被纣王以同情九侯和鄂侯为由，囚禁在羑（yǒu）里（今河南汤阴境内）长达七年之久。周的大臣向纣王献上美女、骏马和美玉宝器等奇异玩物，为姬昌求情。纣王高兴之下把姬昌放了，还允许他代表商王征伐西方的小诸侯国。姬昌为了笼络人心，又献出洛水（指北洛河，在今陕西境内）以西的地方，请纣王废除了炮格之刑。回周后，姬昌明里装出一副更加忠心的样子，暗地里却四处寻访能辅佐他灭商的人。

据说有天出门打猎前，姬昌照例占卜了一番，卦象预言他这次遇到的并非珍禽异兽，而是能辅佐他成就霸业的人。姬昌将信将疑，当行至渭水（今渭河）南岸时，他果真遇到一位钓鱼的老人。这老人不慌不忙，每起一钩，就钓上一条活蹦乱跳的大鱼。姬昌前去搭话，越谈越投机，两个人都感觉相见恨晚。这位钓鱼的老者便是姜尚。姬昌见姜尚对天下形势和治国之道都很有见解，高兴地说："我们老太公曾说，当有圣贤的人到周，周会因此而兴盛。看来您就是这个人吧。我们老太公盼望您好久了！"于是把姜尚请上自己的车子，一起回到都城，让他当了管理军队的太师。

周人尊称这位新立的太师为"太公望"，正是这位太公望，后来辅佐姬昌父子成就了灭商建周的大业。

2. 武王伐纣灭商

姜尚蓄势待发

姜尚因祖先曾被封在吕地，又被称为"吕尚"。他才华出众，但怀才不遇，只能混迹于市井之间，在繁华的朝歌城里宰过牛、卖过肉，还在一个叫孟津的地方卖过酒。听到周文王姬昌广求贤良的消息后，他便去了周国，在岐山西南的渭水之滨钓鱼，等待机会。

据说姜尚刚开始垂钓时，三天三夜也没钓到一条鱼。后来他听从别人的建议，把渔线弄得细一些，鱼饵做得香一些，下钩时也轻一些，尽量不惊动鱼，果然钩钩不空。他从中悟出了一个道理：灭商和钓鱼一样，要从长计议，悄悄准备，不能让纣王看出破绽。

周文王得到姜尚后如虎添翼。他事事与姜尚商量，一方面用各种计谋悄悄动摇商王朝的统治根基，一方面加强自身实力，壮大军事力量。在姜尚的建议下，周文王积极争取同盟国，一些小国或是归顺，或是被吞并，周的国力和声威大大加强，成为名副其实的西方霸主。姬昌还把都城从较偏僻的岐邑（今陕西岐山县境内）迁到交通较为方便的渭水西岸的丰邑（在今陕西西安沣河西岸），一心继续向东方发展。这时，周国的经济和军事力量都已大大超过商王朝，得到了当时天下三分之二方国的归顺和支持。

然而文王苦心经营多年，还没来得及实现灭商的夙愿就病死了。之后姜尚继续辅佐文王的儿子姬发，也就是周武王。为了继续向东方发展，武王将都城从丰京迁到镐（hào）地（在今陕西西安沣河东岸）。即位第九年，武王率领大军进入商王朝境内，长驱直入，直指孟津。消息一传开，马上就有八百诸侯自发赶到孟津，与周武王会师。大家都说现在终于到了伐商的时候，武王本人却力排众议，说："上天的意志我还没摸透，现在还不能贸然伐纣。"

其实，武王早已按捺不住灭商之心，他只不过是听取姜尚的意见，觉得目前以周人的力量还不足以一举灭掉商王朝，才毅然收兵回国，等待最有利的时机。

兵围朝歌城

面对武王的示威，纣王仍没有任何要做准备的意思，还在终日享乐。他六亲不认，囚禁了叔父箕子，又挖了忠臣比干的心。武王看到商王朝的重臣被纣王杀的杀、关的关，还有人逃了出去，知道灭商的时机已经到了。

于是，又经过两年精心准备，武王终于决定出兵伐商。出兵前，他用龟壳进行占卜，结果却显示这次伐商不吉利，且天上还忽然出现了乌云，不一会儿狂风就夹着暴雨袭来。这么一来，武王和出征的将士更加心有疑虑，只有姜尚不为所动。他根据敌我双方的形势，判断商纣王不堪一击，便镇定自若地对众人说："这些干枯的乌龟壳和烂蓍（shi）草又能知道什么吉凶？"坚决主张按原定计划出兵。姜尚的话无异于一颗定心丸，随后，武王就率领一支由战车三百辆、虎贲三千人、甲士四万五千人组成的伐商大军出发了。周军过了孟津，和伐纣的诸侯会合后，便一起向东进发，渡过黄河北上伐纣。

沉浸在酒宴歌舞中的纣王，这时才草草集结十七万（一说七十万）人马匆忙南下迎敌。两军在离朝歌仅有七十多里的牧野（在今河南新乡）相遇，展开决战。商军人数虽多，但不少是被俘不久的夷族奴隶，早就盼着周人快点打过来解放他们。于是两军稍一接触，商军的前队便纷纷倒戈，整支大军登时就乱了阵脚，溃败下来。纣王见大势已去，急忙回逃，躲上了鹿台。周武王乘胜追击，直抵朝歌城下。纣王眼睁睁地看着周人的军队冲入了都城，却无计可施。当天晚上，众叛亲离的纣王把搜罗来的美玉宝器围在身边，放火自焚而死。

第二天，周武王在朝歌郊外设立祭坛，举行了隆重的祭祀，并宣告天下："周革了殷的命，商朝灭亡。我受天命来管理天下。"自此开始了西周王朝的历史，时约公元前1046年。

纣王鹿台自焚

安置商族遗民

灭掉商王朝后，周武王却还是一副心事重重的样子。他的弟弟周公旦见状，不由得问道："尊敬的大王，您是有什么心事吗？"武王苦恼地说："灭了商朝，我们要怎样处置商族的老百姓呢？"

周公深知周族人数不多，要想稳固地统治拥有六百多年历史的商族，就必须充分采取分化瓦解的手段，利用商族原来的内部矛盾，把商族与周族间的矛盾转化为商族内部的斗争。因此，他向武王建议说："依我看，还是让他们各自住在原来的地方，耕种原来的土地，也不必改变他们原来的地位。只要是这些人服从我们周朝，就可以提拔他们当官。"周武王觉得此言正中下怀，高兴地说："用你提出的办法治理商族遗民，又何愁他们不顺从我们呢。"

于是，武王采纳周公的建议，采用安抚的办法，封纣王的儿子武庚为商侯，继续留在殷都管理商王朝的遗民。为了防止商族遗民反叛，他又将自己的三个弟弟姬鲜、姬度、姬处分别封在管（今河南郑州）、蔡（今河南上蔡）、霍（今山西霍州）三地，让他们在暗中监视武庚。

这三人根据各自的封地名，分别被称为"管叔鲜""蔡叔度""霍叔处"，他们就是历史上有名的"三监"。

为了彰显周天子的包容和大度，武王又将纣囚禁的箕子和一些百姓放了出来，命人给比干修了坟墓，将纣王搜刮的钱财和粮食散给老弱贫民。商朝的遗民见周王如此爱惜百姓，终于安定下来，服从周王朝的统治。于是武王返回周，并将夏禹时所铸的镇国之宝、象征国家政权的九尊青铜鼎也迁到了周。

3. 周公辅成王

周公东征

武王灭商后没几年，由于日夜劳神，一病不起，离开了人世。当时周王朝的统治地位并不十分巩固，即位的成王姬诵年纪还小，难以应对复杂的政治、军事局面，暂时由他的叔父周公代为治国，这在历史上称为"周公摄政"。

周公权力之大引起了管叔、蔡叔、霍叔等人的不满,他们到处散布流言蜚语,说周公独揽大权,将对成王不利。纣王的儿子武庚见武王新死,成王年幼,朝臣之间又有矛盾,便想乘机摆脱周王朝的控制。他与管叔、蔡叔、霍叔勾结,又联合商王朝在东方曾经的属国,发动了大规模叛乱。周公奉成王之命平叛,与太公望、召(shào)公奭(shì)等人带兵东征。他杀掉武庚和管叔,流放了蔡叔等人,接着又挥师东进,一举灭掉参与叛乱的东方各国。

前后用时三年多的周公东征,是关系到周王朝生死存亡的重大事件。商朝灭亡后,商遗民和他们在东方同盟国中反周的势力还很强大。虽然武王封了太公、周公、召公在齐、鲁、燕等地,但他们的力量还远不足以控制这些地区,几位功臣迟迟不能亲驻自己的封地。而东征之后,周王朝消灭了东方诸国的反抗势力,真正开始深入东方,逐步实现了对东方广大地区的实际控制。

武王在世时,就已发现镐京不方便控制新征服的东部地区,于是想在伊、洛地区建立一个新据点,可计划还没来得及实现他就病死了。周公在东征的过程中进一步认识到伊、洛地区的重要性,于是成王和周公便按照武王的遗愿在洛水旁修起宗庙、宫殿和市肆,营建洛邑

（今河南洛阳），并将九尊青铜宝鼎也移到这里。周人把镐京称为"宗周"，把洛邑称为"成周"，又称"东都"。

分封天下

周王朝的最高统治者是周天子，全国的土地和人民都归周天子所有。首都一带的地方由卿、大夫管理，称为"王畿"，这是周天子直接掌握的地区，也是统治全国的中枢。

为了加强对被征服地区的控制，周王朝根据血缘关系的远近和功劳的大小，大规模分封诸侯，把王畿以外的大片土地和人民赏赐给自己的亲戚和功臣。而这些受封的同姓或异姓诸侯又把自己的封地分配给他的同族人，这些受封的人就是卿、大夫。卿、大夫再把自己的封地分配给同族的士。士以下则不再分封。

周天子、诸侯、卿、大夫、士之间自上而下构成严格的等级隶属关系。天子世代相传，每一代周天子以嫡长子为王，众子弟为诸侯。诸侯以嫡长子继位，众子弟为大夫。大夫也以嫡长子继位，众子弟为士。这样就避免了兄弟间因争权而内讧，巩固了分封制。

一批又一批新建立的诸侯国，实际上成了周王朝的一个个据点，周天子以此加强对王畿以外地区的统治。诸侯要定期向周王纳贡，要定期朝见天子和率兵从征，也要对周天子的巡游、婚嫁、死丧尽一定的义务。周天子还派人到各地去监视诸侯，诸侯如果不履行应尽的义务或冒犯了"周礼"的规定，轻者要受到谴责，重者则要被处死，由周天子另立诸侯。

成康之治

据说在周公代成王摄行国政的年月里，有一次，年幼的成王得了病，周公十分着急，宁愿代替成王去死。他祈祷说："国王年纪轻，甚至都还没做过什么事情。如果他真的办错了什么事，惹得上天发了怒，那责任在我，请上天惩罚我好了！"后来，这份祷词被人悄悄地收藏在王室的档案库里。

周公返政后，有人向成王说周公的坏话，受到怀疑的周公只得到南方的楚国去避难。一个偶然的机会，成王打开档案库，看到周公在自己生病时向上天祈祷的记录，感到十分懊悔，连忙派人把周公请了回来。成王亲

周公因成王生病而忧心忡忡

自处理国政后,也一直不忘周公的告诫,小心谨慎地治理国家,从不骄奢淫逸。而经过周公之前的经营,敌对势力多被消灭,分封的各国诸侯也已成为周王朝的屏障,所以成王时天下安定,经济有较大的发展,农业方面则实行了适应大规模奴隶耕作的"井田制"。

成王死后,他的儿子康王姬钊即位。这时周公已经去世,顾命大臣是召公奭、毕公高等人,在这些人的辅佐下,康王生活比较节俭,处理政事也很用心。据说当时晋侯因为修了座漂亮高大的宫殿,还受到了康王严厉的斥责。

司马迁在《史记》中说,成王和康王时国家安定,出现了近四十年没有使用过刑罚的太平景象。这些话不免有些夸大其词,但在成康之际,周王朝的国力的确比从前强大,经济文化也有了较大发展。因此,这段时期在历史上也被称为"成康之治"。

4. 从强盛到衰亡

从昭王到夷王

　　康王死后,他的儿子昭王姬瑕(xiá)继位。昭王十四年七月,鲁国的鲁幽公姬宰在位十四年,被弟弟姬沸杀死,姬沸自立为鲁侯,是为鲁魏公。这是一件违背礼制的大事,周昭王却不以为意,没有发兵征讨,导致一些诸侯纷纷效仿,违背礼制的事情逐渐多了起来。

　　当时南方的楚国一天天强盛,时常侵犯周朝的疆土,威胁周王朝封在汉水以北的大小诸侯。昭王先是带兵征服东夷各国,孤立楚国,后又三次出兵伐楚。昭王二十四年,昭王在第三次伐楚南渡汉水时不幸落水淹死,带去的军队也遭遇惨败。之后,昭王的儿子穆王姬满继位。虽然因为第三次伐楚的失败,周朝的军事力量有所削弱,但是穆王即位后励精图治,恢复了天下的安宁,使盛世得以延续。

　　按照周朝的制度,如果是距离王都两千里以上的边远地区,首领只需要朝见天子,不需要纳贡。穆王时,西方边地的少数民族犬戎逐渐强大起来。穆王不听大臣的劝告，以犬戎不纳贡为借口西征犬戎，侥幸取胜。最终，穆王得到了犬戎进贡的四只白狼和四只白鹿，还得到了一把据说割玉像切泥团一样容易的宝刀。但这使得周王朝大大丧失了在远方少数民族中的威信，一些少数民族甚至不再朝见周天子，立国已过百年的西周王朝至此开始走上了下坡路。

到穆王的孙子懿王姬囏（jiān）在位时，周的国力比以前更加衰弱了。懿王死后，他的叔父姬辟方自立为天子，是为周孝王。孝王死后，各国诸侯重又拥立懿王的儿子燮为天子，这就是周夷王。夷王时南方的楚国国君熊渠爵位很低，只是个子爵。然而随着楚国的崛起，熊渠以蛮夷自居，摆脱周王朝赏赐的封号，且自行封他的三个儿子为王。当时的爵位有王、公、侯、伯、子、男六等，按照周礼，只有周天子才能称王。这是诸侯国第一次僭越称王，夷王却无力约束。

穆王之后，周王朝在与西部和南部少数民族的长期战争中消耗了大量的人力和财力，元气大伤，国内矛盾也进一步激化，夷王却无力挽回颓势。这时的周王朝已是强弩之末，只能在内外一片告急声中疲于奔命了。

国人暴动了

夷王死后，他的儿子厉王姬胡继位。厉王是周的第十位国君，是个有名的暴君。他不思进取，沉湎于酒色，成天盘算着如何敛财来供自己挥霍。有个名叫荣夷公的大臣出了个"专利"的主意，声称凡是山林河湖里产的东西都归国有，是周王的"专利"，限制老百姓到河流湖泊里打鱼捉蟹、到山林里砍树采果。

西周初期地广人稀，贵族们重视的是可以耕种的土地，山林川泽之类不能耕种的地方名义上虽然归国王所有，但实际上却管理不严，民众可以随便使用。然而，"专利"实行后，老百姓失去了一条重要的谋生之路，一时间民怨沸腾。有位名叫芮良夫的大夫进言劝厉王废除这一规定，他说："自然界生成的各种东西属于所有人，怎么能只许天子一人取用？这样下去将会激怒百姓，恐怕统治难以长久。"厉王听后毫不在意，不仅没有疏远荣夷公，反而提拔他当了周王朝的卿士。

百姓对厉王的倒行逆施议论纷纷，厉王就派人前去监视，下令说："如果发现有人议论朝政，就报告给我，我一定把他杀掉！"在厉王的严厉镇压下，再也没人敢公开议论政务，路上碰见熟人，也只是互相使使眼色，以此暗示对厉王残暴统治的不满。成语"道路以目"就是这么来的。厉王本人并不觉得有什么异样，还认为自己很有办法，他得意地对大臣召穆公说："怎么样，没人批评我了吧？"召穆公却劝他："堵住老百姓的嘴就像堵住奔流不息的河流一样，一旦水流冲垮堤防，就会势不可挡。现在的状况是维持不了多久的，您应该让百姓把自己的想法说出来。"

厉王不以为意，继续一意孤行。三年以后，民意的火山终于爆发。居住于国都的愤怒的"国人"手持棍棒、斧头，袭击并包围了厉王居住的宫殿，他们中间有平民，也有贵族。厉王只好狼狈地从后门偷偷溜走，渡过黄河，一直跑到了彘（zhì）地（今山西霍州东北）。这就是历史上有名的"国人暴动"和"厉王奔彘"。

宣王中兴的回光返照

厉王逃得匆忙，留在宫中的太子静便趁乱躲到了召穆公家里。召穆公把太子静藏起来，又让自己的儿子换上太子的衣服，假扮成太子。结果召穆公的儿子被愤怒的人群杀死，真太子则逃过一劫，在召穆公家里住了下来。

国不能一日无君，厉王逃奔到彘地后，诸侯们推举共伯代行天子之职。共伯是被封在共地的贵族，他品行高尚，很得各国诸侯的敬佩。因为共伯名"和"，故这一时期也被称为"共和执政"。也有记载说当时大家公推德高望重的周定公和召穆公共同代行国政，所以才号称"共和"。据推算，共和元年是公元前841年，自此以后我国历史才有了确切年代的纪年。

共和行政期间革除了厉王时的一些弊政，老百姓的生活也有所改善。到公元前827年，厉王在彘地老死，太子静便被周定公、召穆公请出来继承了王位，这就是周宣王。

宣王即位以后，在周定公和召穆公的辅佐之下，一方面努力恢复周王朝自文王、武王、成王、康王以来建立起来的好传统，一方面继续革除厉王时的各种弊政，使周王朝在政治上有了一番新气象。宣王时铸造的毛公鼎是我国目前发现的铭文字数最多的一件青铜器，上面共有四百九十七个字（一说四百九十九个字）。做器的毛公是宣王的叔父，他将宣王的一些政策详细地记载在鼎上。铭文中说，宣王要求臣下广开言路，使下情上达，又警告臣下在征收赋税时不得中饱私囊、鱼肉百姓，还要求他们约束下属，不要让下属沉迷于酒。

宣王时期经过连年的对外征战，不仅夺回了王朝中期以后因国力衰弱而被一些少数民族占去的土地，还使周王朝的版图比以前有所扩大，边疆一些少数民族又像从前一样恢复了同周王朝的联系。历史上把宣王对外战争的胜利称为"宣王中兴"。

然而宣王中兴不过是短暂的回光返照，周王朝的政治和军事力量早已十分虚弱，没过几年便在与外族的战争中连吃败仗，从此一蹶不振，处在灭亡的前夜了。

幽王亡国

宣王的儿子周幽王姬宫涅（shēng）是个著名的昏君。幽王的时候，周王朝发生了严重的自然灾害。先是出现了旱灾，河流、泉池都干得见了底，田地也裂开了一条条缝，鱼儿渴死了，树木和庄稼枯死了，路上随处可见因为没有东西吃而离家逃荒的人。大旱还没结束，幽王登基的第二年，国都镐京和渭水、泾水（今泾河）、洛水流域就发生了强烈的地震，渭水、泾水、洛水干涸了，周人的发祥地岐山也轰然倒塌。

　　旱灾和地震使百姓生活更加穷苦，幽王却对此不闻不问，只顾享乐。登基第三年，他得到了一个名叫褒姒（sì）的漂亮女子，对她十分宠爱。此后，幽王更是终日饮酒作乐，对朝政漠不关心。后来，褒姒生了儿子伯服，幽王更是废掉了原来的王后申后和太子宜臼，立褒姒为王后、伯服为太子。

　　宜臼见形势不妙，就逃到了申国。申侯看到自己的女儿和外孙被废，很是恼火，盛怒之下，联合缯（zēng）国和犬戎族一起攻打周王朝。没多久，联军就攻破了镐京，幽王和太子伯服兵败被杀，西周王朝就这样灭亡了。

　　幽王被杀的消息传开后，各路大军才纷纷赶到镐京救援，并把原来的太子宜臼从申国请回来拥立为天子，也就是周平王。平王即位以后，看到戎人已散布在王畿各地，随时都有卷土重来的可能。再加上镐京残破不堪，自己兵力又很有限，因此放弃镐京，在郑武公、晋文侯等诸侯的帮助下，于公元前770年把国都迁到了洛邑，周王朝自此进入东周时代。

读史点评

经过几代人的用心经营，周这个小小的西部属国乘势崛起，最终在周武王的带领下，完成了灭商的大业。为稳定复杂的政治局势，彻底掌控广袤的土地和人口，这个新兴的王朝采取了营建东都洛邑，推行分封制、宗法制、礼乐制度等一系列富有成效的举措，并在成王和康王时，迎来了四十多年的太平局面。

然而分封制犹如一柄双刃剑，既造就了周王朝的强盛，也导致了它的崩溃。随着周王朝政治和军事实力的下降，诸侯们违背礼制的事情越来越多，他们占据着周天子授予的土地和人口，却拒绝履行对周天子应尽的义务。在西周灭亡之际，当申国、缯国和犬戎族的联军攻入都城镐京，周幽王被杀之后，诸侯们的大军才纷纷赶至镐京救援。王室的衰弱和外敌的强大，使得周平王不得不放弃原来的王畿重地——镐京，迁都洛邑。此后，周天子实际上已经失去了对诸侯国的统治，再也没有诸侯国向周天子朝聘纳贡了，历史从此进入诸侯争霸的春秋时代。

思考题

《左传》有言："纣克东夷，而陨其身。"这句话的意思是纣征服了东夷，结果却灭亡了自己。对此你怎么看？

第五章

来自地下的宝库

1. "华夏第一王都"

最早的王都

洛阳盆地位于中原腹地，伊水（今伊河）和洛水（今洛河）浇灌着这片丰饶的土地，物产丰富、气候温和、交通便利、地理位置优越等因素，让这一带成为历代统治者建都的理想之地。二里头遗址便是在洛阳偃师境内被考古学者寻觅而得，有学者推测它曾是夏代后期的都城。整个遗址由宫城和宫殿建筑群、手工作坊、居民区、墓葬区等遗迹组成。

夏王朝的统治者在这处王都营建了一座长方形的大型宫城，东西长约三百六十米，南北宽二百九十余米，总面积近十一万平方米，相当于一百五十个标准的足球场那么大。

宫殿是诸侯和帝王居住与活动场所的专称，一般是前朝后寝的格局。殿是处理政务的场所，宫比殿略小，是起居之所。宫殿区内通常设有专门的祭祀场所。这座宫城内便分布着夏王居住和处理国家大事的数座大型宫殿建筑群。

其中最大的一处宫殿基址东西长约一百零七米，南北宽约九十九米，总面积约一万平方米，是一座四周有廊庑（wǔ）的大型建筑。它由殿堂、廊庑、围墙、门和庭院等组成。殿堂前是平整宽阔的庭院，面积约有五千平方米，能容纳数千甚至上万人。庭院中有几个较大的祭祀坑，有的坑中还发现有人骨架和兽骨架，大概是祭祀用的祭牲。这座宫殿可能是夏王朝进行祭祀活动和发布政令的重要场所。它坐北朝南，有明确的中轴线，在格局等方面都开我国历代宫室建筑规制之先河。

二里头遗址宫城内建筑布局规整，是后世中国宫城建筑的鼻祖，被称为最早的"紫禁城"。除最早的宫城和最早的中轴线布局宫殿建筑群外，二里头遗址还发现了最早的大十字路口与城市主干道网、最早的青铜礼器群、最早的铸铜作坊和最早的绿松石器作坊等遗存。作为目前国内所见最早的都城遗址，它又被称为"华夏第一王都"。

二里头人的食与用

相传夏禹在位时，一个叫仪狄的人用黍酿造出了美酒，那么二里头遗址中有没有发现黍呢？答案是肯定的。二里头人的农作物已经是五谷齐备，小麦、大豆、水稻、粟、黍等都有。其中出土数量最多的是粟，其次是水稻，再次是黍，从次是大豆，最后是小麦。和现在北方人普遍以小麦磨成的面粉为主食不同，二里头人的主食是小米，小麦在当时还没有称霸二里头人的餐桌。

二里头人的农具有石刀、石镰、蚌镰、石铲、石斧、石锛等，以石器为主，还没有发现铜制的农具。二里头人的肉类来源主要为猪、狗、黄牛、山羊和绵羊等家畜，其次是渔猎所得的鱼类、贝类和各种野兽。他们的钓鱼工具已经出现了青铜制作的鱼钩。另外，二里头遗址还发现了紫苏、葡萄、花椒等植物。他们加工食物的方式有用鼎、罐和鬲煮，用甑蒸和用火烤，当时比较盛行吃烤肉。在二里头遗址中还发现了饮酒用的爵和斝（jiǎ），这说明二里头人已经懂得怎么酿酒。

传说禹用青铜铸造兵器，并用方国、部落进贡的青铜铸成九个铜鼎。二里头人的青铜兵器有刀、戈、斧、钺、箭镞等，其中箭镞可深入人骨，杀伤力之强可见一斑。二里头遗址目前仅发现了一件青铜鼎。这是一件网格纹铜鼎，鼎高二十厘米，口径十五点三厘米，底径十厘米，为国内出土的最早铜鼎，号称"华夏第一鼎"。这些发现说明禹"以铜为兵"、铸九鼎的传说可能并非空穴来风。

相传在夏代以前就有了作为运输工具的车，夏王朝建立后，设有车正一职，专门负责车的制造。在二里头遗址发现了三处双轮车辙痕迹，这说明当时已经出现了车。

古人尚玉，认为玉石富有灵性，可以通神。二里头遗址出土的玉器种类繁多，有玉刀、玉钺、玉戈、玉圭等，其中最为引人注目的是一件绿松石龙形器。这件绿松石龙形器长六十四点五厘米，最宽处为四厘米，由两千多片绿松石片拼合而成，每片绿松石大小在零点二到零点九厘米之间，厚度约为零点一厘米。它有着大大的脑袋和眼睛，尾尖内蜷，龙身曲伏如波，鼻、眼充填以白玉和绿松石，看上去栩栩如生。中华民族自古以龙为图腾，关于龙的神话、传说很多。这件龙形器因此被誉为"超级国宝"，有学者认为它是"中华民族龙图腾最直接、最正统的根源"。

自1959年发现至今，六十多年来二里头遗址不断刷新着人们对于"最早的中国"的认知。相信随着进一步的考古发掘，二里头遗址将带给世人更多的惊喜。

2. 一片甲骨惊天下

从"龙骨"到甲骨

龙骨是古代一些哺乳类动物，比如大象、犀牛、鹿、牛等骨骼和牙齿的化石，在中医中可以入药，是一味药材。如果哪里磕破了，将龙骨磨成粉末敷在伤口上可以疗伤。

清朝光绪年间，河南安阳西北部小屯村一带的村民，经常在犁地耕种时翻出一些龟甲、牛骨和古器物。这些龟甲和牛骨很坚硬，有点像化石，村民们把它们当作龙骨卖给中药店或药材收购商。至于那些挖出来的铜器、玉器、骨角器物等，则卖给古董商。因为这些东西里面凡是有花纹的价格就高，当地人便将带有"刻文"的"龙骨"也带给古董商。古董商也不知这些特殊的"龙骨"是什么，就以低价收下。1899年，一些"龙骨"被古董商带到北京。当时酷爱古董的京官王懿荣认为上面的"刻文"是古文字，就高价买下了这些"龙骨"。王懿荣先后买了一千五百多片，经过他和其他学者的研究，断定这是商代遗物和文字。

这种刻在龟甲和兽骨上的文字是商代占卜用的卜辞，有人称作"殷墟卜辞"，也有人称为"殷契"，后来约定俗成叫"甲骨文字"，简称"甲骨文"。"甲"是指乌龟的甲壳，用来刻字的大多是龟腹甲，少数是背甲。"骨"是指牛的肩胛骨，个别是肋骨和其他兽骨，如鹿头骨、牛头骨等。

自1899年以来，先后出土的有字商代甲骨约十五万片，单字不少于四千四百个。除商代外，周代的甲骨也有所发现。1954年，山西临汾坊堆村第一次发现了一片周代有字甲骨。此后，在陕西、北京、河南等地，不断有西周甲骨出土。其中陕西岐山凤雏村宗庙基址西厢二号房内的两个窖穴出土最多，共出土甲骨一万七千片以上，其中有字甲骨二百九十多片，是新中国成立后出土西周甲骨数量最多、内容最丰富的一批。在可预见的未来，或许会有更多的西周甲骨面世，为我们带来新的发现和收获。

从"传说"到信史

考古发掘资料证明，占卜术早在新石器时代就已经有了，当时多采用烧灼羊、猪等兽骨的方式判断吉凶。龙山文化时期（新石器时代晚期），烧灼龟甲的占卜方式开始流行起来。到了商代，大多是先在甲骨背面钻凿，然后用火烧灼，根据骨上出现的裂纹来判断吉凶。

殷墟甲骨占卜的内容非常丰富，大到祭祀、征伐，小到做梦、牙痛，以及涉及商王活动的各个方面。祭祀的对象包括天地山川等自然神和历代祖先、重臣等。在甲骨文和殷墟发现之前，有不少学者曾对《史记》中关于商代的记载提出疑问。1917年，国学大师王国维结合卜辞所见的先公先王，排出了新的商代帝王世系，证明了《史记》关于商王世系的记载虽个别有误，但基本可信。由此，把我国有文字可考的历史上推了几百年，使商代的历史成为信史。

在一代代学者的努力下，目前已识别出来的甲骨文单字有一千五百个以上。甲骨文已经是一种比较成熟的文字，它的造字法和用字法有象形、指事、会意、形声、假借和转注六种，称为"六书"。像牛、羊、鹿、马、鸡、

甲骨文与祭祀

虎、鼠、兔、猪、狗、象这些动物，在甲骨文中分别写作 ✹、✹、✹、✹、✹、✹、✹、✹、✹、✹，或突出它们头上的角，或突出它们的嘴、身体、鼻子等，勾画的是外形特征，属于象形字。像上、下、一、二、三、四这些比较抽象的概念，在甲骨文中分别写作 ✹、✹、一、二、三、三，属于指事字。像"步""休""品"在甲骨文中分别写作 ✹、✹、✹，分别用一先一后的两只脚、人依在树木旁、三个口来表意，属于会意字。像"百"字，甲骨文写作 ✹，从白（✹）得声，又加指事符号以区别于白，属于转注字。

同一个字可能有多种造字法。比如凤凰的"凤"字，在甲骨文中本来写作 ✹，像一只有着高冠花翎和美丽长尾的凤鸟，后增加声符 ✹（凡），写作 ✹，成为形声字。凤是传说中的神鸟，传说凤振翼而飞，能鼓动八风，因此在甲骨文中又假借为"风"字。

殷墟甲骨文的发现是我国近代史上一件震惊世界的大事。从"龙骨"到甲骨，从"刻文"到文字，沉睡在地下三千多年的甲骨文再现人间，使商代的历史有了直接、可靠的新材料。这不仅促进了对商代历史的研究，也为了解和研究我国古代社会提供了可信的资料。

殷墟的发现和发掘

自从甲骨文被辨认出是商代的文字以后,学者和古董收藏家们都在打听具体的出土地点。古董商为牟取暴利,垄断甲骨的来源,对此一直秘而不宣,甚至指东道西,谎说甲骨出土于河南汤阴、卫辉等地。金石学家罗振玉经过对甲骨文的周密考证和认真调查研究,揭穿了古董商的谎言,终于在1908年得知甲骨出土于安阳西北的小屯村。在查清甲骨出土的地点是安阳小屯村后,罗振玉多次派人前往安阳收购甲骨,1915年更亲自前往安阳小屯村了解甲骨出土情况。

小屯村不但出土甲骨,也出土铜器、玉器和其他器物,罗振玉由此推断这个地方在商代一定非常重要。他在甲骨文中发现殷王名谥十余个,因此推测甲骨即殷商王室之遗物,小屯村可能是古书中提到的"殷墟",为武乙到帝乙时期的都城。这一推论对后来的殷墟与甲骨文研究起到了重要作用。

为了防止对殷墟的破坏,弄清楚甲骨和其他遗物在地下埋藏的情况,自1928年8月以来,考古工作者对殷墟组织了多次科学发掘。虽然目前还没有发现这座都城的城墙，但已探明了它的基本情况。这座都城遗址总面积约二十四平方千米，中心为宫殿和宗庙区，是最高统治者商王起居、祭祀鬼神和发号施令的地方；西北面有历代商王和一些贵族的陵墓和祭祀的场所，有十三座王陵和大量的祭祀坑；南面有大规模的铸铜作坊；西面有一处较大的作坊，里面可以制作各种骨器。大大小小的居住房屋分布在遗址的四方，有一些小型手工作坊，也有一些分散的墓葬。在这座都城中还有许多空地，用作农田和饲养牲畜。清澈的洹（huán）河水终年不断地由西向东穿过王都，甲骨文中就有它的名字，三千年来一直不变地叫"洹"。

殷墟是商王盘庚迁都之地，自盘庚迁殷到商朝灭亡，一直是王都所在。这座宏伟的王都在周灭商后还保存了一段时间，周公东征平定武庚和三监的叛乱后，将殷商遗民迁往成周，这座都城逐渐成为废城，随着时光的流逝湮没于地下，被后人称为"殷墟"。

埋在地下的商代文明

商代保存下来的文字资料虽然有限，但可喜的是，不断出土的实物资料让人们有机会去认识和了解当时的一些生活概况。

在商代，不管是贵族还是平民，普遍使用陶器，官方和民间都有制陶作坊。商代的青铜冶铸技术虽然有了高度的发展，生产的器物也不少，但主要还是礼器和兵器，日常生活用的器具还很少。青铜在当时仍然贵重且不易多得，在生活中尚未普遍使用。

商代人崇尚玉石，能用玉石雕琢精美的器物。1950年在安阳武官村商代大墓中出土的虎纹大石磬（qìng），用大理石雕成，悬挂着敲击时能发出悠扬清越的声音，三千年前我国劳动人民的智慧和高超的技艺令人折服。商代玉器之多也是前所未有的。1976年在安阳小屯村发掘的妇好墓，就出土各种玉器七百五十多件，造型多种多样，有玉人、玉龙、玉凤、玉蝉等等。玉器是珍贵物品，是身份的象征。妇好墓中的随葬玉器，数量多，玉料好，形制精美，这种玉器只有妇好这样的王室亲贵才能享用。

黄金在商代已经是一种贵重金属，商代人不但懂得黄金的珍稀，而且将它作为装饰品。贝作为货币是当时社会财富的象征，占有贝的多少成为区别贫富的标准，殷墟妇好墓中就发现有近六千八百多枚海贝。

在安阳北辛庄曾发掘出一个商代后期的制骨作坊遗址，那是一座长方形半地穴的房屋基址和一处堆放骨料的窖穴。窖内存放的骨器半成品有五千多件，证明骨角器的制作在商代已相当发达。

除此之外，象牙雕制品是商代的高级艺术品，如妇好墓中就出土了花纹精致的象牙杯。漆器和木制器在商代也很发达，不过保存下来的不多，因为这些东西埋在地下容易腐烂。殷墟遗址还出土有纺织用的工具，比如石、陶制的纺轮，青铜小针，小骨针。织布机因是木制的，未能遗留下来。

来自地下的出土实物是历史无声的记录者和见证者，期待更多新材料为我们揭开商代历史的更多细节。

3. 以青铜命名的一段文明

青铜器的冶炼和铸造

夏、商、周三代被称为"青铜时代"。1978年，甘肃东乡林家遗址出土了一件距今四五千年的青铜刀，这是迄今为止我国发现的最早的青铜器。如果从这件新石器时代晚期的青铜刀开始算起，青铜的使用和冶铸到商代晚期已有上千年的历史了。青铜的冶炼和青铜器的铸造在商代是最先进的生产部门，其工艺水平已相当高超。

所谓青铜就是铜和锡、铅的合金，因为这种合金的颜色呈青灰色，铸造出来的器物就称作"青铜器"。纯铜（红铜）的熔点高（一千零八十三摄氏度），加上一定比例的锡或铅，熔点就可以降低，同时硬度会增加。商代人已可以根据器物的用途来调整铜、锡和铅的比例，铸造出符合需求的青铜器。

在青铜器出现之前，人们最早使用的铜器是红铜器。这种铜器由天然铜锻打而成，不需要加热或冶炼，工艺简单，缺点是硬度不够，容易弯曲。由于天然铜的数量不能满足日常需要，人们又探索出用铜矿石加锡矿石或铅矿石等冶炼铜合金的技术。不过这种方法尚处于"原始铜合金"的低级阶段，还没有将矿石提纯的概念。商代则是先用铜矿石冶炼出纯铜做主要原料，然后再加入冶炼好的锡、铅，合起来冶炼成青铜，最后铸造成器。在殷墟的铸铜作坊遗址中发现了一块纯铜，含铜量高达百分之九十七点二，证明当时已能用孔雀石（铜矿）冶炼出纯铜，冶炼技术已达到高级阶段。

商代青铜器的铸造采用泥范浇铸法。做一件器物前先要用泥制成模具并晾干、焙烘，这叫泥范或陶范。将熔化的铜液浇入陶范，待冷却成型后，再加以打磨修整为成品。较大的器物要用两块、三块或更多的陶范分铸，然后再合起来浇铸成形。更复杂的用来盛装物体的立体青铜器，除了要用到多块范，还需要制作内模。按照当时的制度，大型重器只能由中央王朝生产。如妇好墓出土的司母辛大方鼎，高度超过八十厘米，重量超过一百千克，只能由中央王朝生产。地方诸侯、方国生产的青铜器比较小，目前没有发现大型重器。

最大的鼎、方尊和神树

闻名世界的司母戊方鼎（一说为"后母戊方鼎"）是商朝后期王室的青铜祭器，其腹部呈长方形，上有两耳，下有四只圆柱形的鼎足。由于鼎腹内壁铸有铭文"司母戊"三字，故称"司母戊鼎"。这件商代重器带耳通高一百三十三厘米，器口长一百一十厘米、宽七十八厘米，重量超过八百千克，是目前存世的商周时代体量最大、重量最重的青铜器，现存于中国国家博物馆。

司母戊方鼎结构十分复杂，鼎体饰以饕餮（tāo tiè）纹，耳上铸有两虎相向张口吞食一人头的形象，耳、身、足是分别铸成后再合成一个整体的。像这样的巨型器物，据学者计算，铸造时要使用几十块大小不同、形制有别的陶范，从熔铜到浇铸合成，至少也要二三百名工匠才能完成。

同样现存于中国国家博物馆的盛酒器四羊方尊，也是一件稀世之宝。这件方形尊1938年出土于湖南宁乡，每侧边长为五十二点四厘米，高五十八点三厘米，重三十四点五千克，是现存商代青铜方尊中最大的一件。尊的四角各铸一只半伸头的羊，像四只羊背靠背驮着盛酒的器皿，造型生动活泼。器身、八只羊角和四个龙头是分别铸成后再合成一体，具有很高的工艺水平和艺术价值。

自1986年以来，四川广汉三星堆遗址也出土了大量造型新颖的商代青铜器。这些青铜器中有八棵青铜神树，其中修复最完整的一棵神树高近四米，重量近八百千克，是目前已发现的世界上最早、树株最高的青铜神树。目前这棵神树最顶端的树枝因为残损还未能修复，如果将来能够修复完整，重量可能会超越司母戊大方鼎，成为世界上最重的青铜器。

王后的陪葬品

1976年，考古工作者在安阳殷墟小屯村西北的农田中发掘出一座保存完好的商代王室墓葬，里面出土的不少青铜器上有铭文"妇好""司母辛"等文字。这座墓的主人是商王武丁的王后妇好，又被称为"妇好墓"。

妇好是中国有文字记载的第一位女将军。据甲骨文记载，她曾多次带兵征伐方国，最多的一次领兵达一万三千人，是武丁时期征伐诸方用兵最多的一次。武丁非常宠信妇好，妇好曾多次主持祭祀，并被派到各地去监管农田种植、监督侯伯。她外出征伐或生病时，武丁会为她占卜吉凶、祭祀祈福。她怀孕时，武丁非常关心，对于生男还是生女、什么时候生孩子、生产会不会顺利这样的事情会反复占卜。

妇好死后，武丁为她举行了隆重的葬礼，准备了丰厚的陪葬品。这些陪葬品有青铜器、玉器、石器、骨器、陶器、象牙和宝石制品等，总数达一千九百二十八件，此外有海贝六千八百多枚，其中最引人注目的是青铜器。

作为一名女将军，妇好的陪葬品中有不少兵器。最为特别的是四件青铜大钺，其中两件大钺上有铭文"妇好"二字，一件重九千克，一件重八点五千克。斧钺在当时象征着征伐、刑杀之权，用作陪葬的明器，彰显了妇好的地位和战功。

古人视死如生，认为人死后是去了另一个世界。妇好墓中还出土了不少与日常生活相关的青铜器，妇好生前用的一件炊具三联甗（yǎn）也成了陪葬品。甗这种炊具分为上下两部分。上部为甑，用来焖蒸食物；下部是中空的鬲，用来盛水。上下中间有箅子，下部鬲中的水烧开后，蒸汽透过箅子传到上部，原理和今天的蒸锅一样。不过和蒸锅不同的是，当时的甗既有上下分开的，也有上下连体的。妇好用的这款是上下分开的，还是前所未见的一件三联甗。上部的甑，底部留有三个孔充当箅子。下部是中空、六足的长方鬲，长一百零三点七厘米。器高六十八厘米，重一百三十八点二千克，可以同时焖蒸好几种食物。三联甗的外观看起来有点像今天的燃气灶，目前仅见于妇好墓。

妇好墓中的饮酒器也非常有特色，其中最常被人提

能征善战的妇好

起的是造型生动的鸮（xiāo）尊。鸮即猫头鹰一类的鸟，在今天的人看来，猫头鹰是一种不祥之鸟，但在商代，鸮却被视为一种神鸟，经常出现在青铜器和其他工艺品上，是权力和地位的象征。鸮尊的外观像一只昂首而立的鸮，垂到地面上的尾巴和两条腿是尊的三足，颈部弯曲的把手也采用鸮的造型。头顶前方是高高的鸟冠、圆圆的双眼和大大的嘴巴，后方半圆形尊盖上前后各有一只小鸟和夔（kuí）龙，充当装饰和盖柄的作用。整只尊的表面有云雷纹、鸮纹、夔龙纹、盘蛇纹等十几种图案，工艺精湛。

《史记》等传世文献中并没有留下有关妇好的只言片语，今天我们通过甲骨文和青铜器得以了解这位王后辉煌的一生。

4. 见证西周兴衰的青铜器

礼器上的历史

三千多年前商郊牧野战场上杀声震天，周武王带领的联军与商军展开了一场大决战，最终纣王兵败自杀，商朝灭亡。据《尚书·牧誓》记载，这场战争发生在甲子日的早上。有不少学者曾对此心存疑问，武王灭商的具体日期也成为一桩历史悬案。

1976年陕西西安出土了一件西周早期的青铜器——利簋（guǐ）。这是一种用来盛黍、稷、稻、麦等谷物的礼器，它的主人是周王朝一个名叫利的官吏。它的底部刻有四行铭文，用短短的三十二个字，记述了武王伐纣的故事。据铭文记载，周武王在甲子日早晨灭商，利因为有功，武王在八天后赏赐给他"金"，也就是青铜。利觉得很荣耀，于是做器纪念。

利簋铭文明确记载了牧野之战的具体日期在"甲子朝"，印证了《尚书》的记载，因此又被称为"武王征商簋"。利簋也成为西周铜器断代研究的一件重要标准器，为研究西周初年的历史提供了珍贵的史料。

武王灭商后，曾假托伊、洛地区是"天室"的名义，想在这片位于天下之中的土地上大兴土木，营建一个可以控制东方的据点。周公东征后，在洛邑修建了一座与西方镐京遥相呼应的巨大城市，完成了武王的遗愿。洛邑的兴建对周王朝统治的巩固具有重大的战略意义，周成王甚至曾一度迁都于此。可惜有关成王迁都一事,古代文献的记载却不太明确。

1963年,陕西宝鸡出土了一件何尊。这是一件用来盛酒的礼器,它的主人是一位名叫何的贵族。器底内有铭文十二行,共计一百二十二个字,记录了成王五年的一次训诫。铭文明确记载,周成王开始"迁宅于成周"。成王说:"武王战胜了大邑商(即商朝)以后,曾向上天卜问:'我要住在这天下之中的地区(宅兹中国),从这里来治理四方的民众!'你们这些小子,那时还是什么都不懂的孩子呢!现在你们要以父辈为榜样,为上天立功,完成使命就会受到后世的祭祀!"成王训话结束后,还赏赐给何贝币三十串。何于是做器纪念。

铭文中记载的武王"宅兹中国"这句话,是目前已知最早出现"中国"一词的文字记载。古代讲定都常用"宅"这个字,"中国"是"天下中心"的意思。何尊铭文记录了一个重要的史实,那就是成王五年时的确曾迁都洛邑,并在这里亲政,将新邑改名为"成周",也就是成王的周。西方的镐京则被称为"宗周",即周王朝的祖籍。

何尊的发现,不仅为成王营建洛邑这一历史事件提供了宝贵资料,而且这件铜尊的造型十分精美,具有很高的艺术价值。这说明周人吸收了殷商遗民熟练的铸铜技术，把青铜冶铸工艺提高到了新的水平。

分封制的荣光

周人灭商以后，获得了黄河中下游大片的肥田沃土。周天子把这些新征服地区的土地连同土地上的人民，分封给自己的同姓兄弟和异姓亲戚、功臣，在适合耕作的地区建立了一个个新的诸侯国，诸侯们又继续把自己封国的土地分给自己属下的各级贵族。这就是铜器铭文中所说的"授民授疆土"。

周康王时的一名贵族夨（cè）就曾经制作过一件青铜簋，来详细记录自己的一次受封经历。据夨记载，康王为了加强对东部地区的统治，决定把虞侯夨转封到宜，并赐给他美酒、美玉、弓矢、土地、人口等。夨于是做器纪念这件事。1954年，这件青铜簋在江苏镇江出土。人们把它命名为"宜侯夨簋"，"宜"指封地，"侯"指爵位。器底内有铭文十二行，共计一百二十六个字。

一直到西周中晚期，周天子还在继续把大片的土地赏赐给贵族。周孝王的时候，雍国的雍侯有了谋反的心思。孝王身边负责王室饮食以及祭祀仪式的膳夫克，自告奋勇请求出使雍国。克对雍侯说，一旦周国被灭，其他诸侯未必不会打雍国的主意。与其这样给雍国招来灭国之灾，不如拥护周王朝，保全自身。雍侯于是放弃了谋反的打算，和孝王重修旧好。孝王因为克立了大功，便赏给他丰厚的土地、人口和器物。克于是制作了一件青铜鼎来纪念此事。1890年，这件鼎出土于陕西扶风，人们称它为"大克鼎"。

周天子赏赐给各级贵族的土地，都有一定的范围和严格的标志。据周厉王时著名的青铜器散氏盘记载，公田之间是以河流、树木、道路、山岗等自然物为标志的。这些公田由用来灌溉的沟渠和分布在田间的小路划分为比较规则的"井"字形方块，所以又叫"井田"。《诗经》中的《载芟（shān）》和《噫嘻》两首诗，就分别描写了两千人和上万人同时在井田里一起劳动的盛大场面。

历史进入东周时代后，随着周王室的衰落和诸侯间的争霸与兼并，分封制逐渐土崩瓦解，最终在秦统一中国后被郡县制所取代。

井田与农夫生活

土地可以转让了

"溥天之下，莫非王土。"《诗经》中的这句话是说，周王朝的土地都属于周天子所有，而各级贵族对天子赏赐的土地只有使用权而没有所有权。受天子赏赐土地的各级贵族，虽然世代对这些土地享有使用权，但不得买卖，这就是所谓的"田里不鬻（yù）"。

这种贵族只有使用权而没有所有权的公田，也就是井田，是周王朝的经济基础。各级贵族在这些公田之外还开辟了很多私田，贵族们不仅希望公田能有个好收成，更盼望不向周王缴纳税赋的私田获得丰收。

随着生产的发展，私田越开垦越多。自西周中期共王时代起，贵族之间已经可以在王朝监督之下转让或交换私田了。而那些公田也由于贵族们世代相传，已形成事实上的所有权，逐渐出现了交换和买卖的现象，从而使西周前期"田里不鬻"的国有土地制度打开了缺口。

有一位名叫裘卫的贵族，在穆王时曾受过召见和封赏，得到王室的赏识。到了共王的时候，裘卫被任命为负责皮革事务的司裘一职。当时，一位名叫矩伯的贵族先是用十三块田，向裘卫换取参加典礼所需的玉器和礼服。过了几年，矩伯又转让给裘卫一片林地，换取参加典礼所需的车马、衣物等用品。另一位贵族邦君厉也和裘卫发生过土地交易。他还因为没有按照约定交接田地而被告官，输了官司，最终不得不履约。裘卫特意做了四件青铜器来记录天子的召见以及与矩伯、邦君厉的交易，包括两件鼎、一件盉（hé）、一件簋，1975年出土于陕西岐山，被称为"裘卫四器"，是研究周共王时代青铜器不可多得的标准器。

周厉王的时候，贵族攸卫牧因为使用了别人的土地却没有交地租，还被告了御状。厉王为此派人专门处理这件事，督促攸卫牧及时支付土地使用费。"地租"的出现得到周天子的干预，说明土地租让关系在厉王时进一步发展。

自共王时起零星出现的土地转让和买卖，随着西周王朝的日薄西山而愈演愈烈。宣王时，土地国有已趋于名存实亡，周天子不得不承认土地私有的事实。土地从国有到私有的变化，也见证着西周王朝的兴衰史。

读史点评

　　甲骨文的发现，将我国有文字可考的历史上推了几百年。利簋的出土，帮助人们解密了牧野之战的明确年代；而何尊铭文中的"宅兹中国"是目前已知最早出现"中国"一词的记载。可以说，二里头遗址、殷墟遗址、甲骨文和青铜器的发现和发掘为进一步研究夏商周的历史提供了丰富的实物和文字根据。尽管今天我们还不能把商代约六百年的历史情况讲得一清二楚，夏代已知的历史情况就更少了。但应该肯定地说，在我国的历史上，确实存在过有着四百多年历史的夏王朝。即使目前还没有发现夏王朝的文字，但相信随着考古事业的发展，夏王朝的文字和更具体的面貌，总有一天会被比较完整地揭示出来。

思考题

从目前见到的甲骨文来看,和雨有关的卜辞约占全部甲骨文的五分之一。雨和当时的农业、畜牧业和田猎活动密切相关,所以甲骨文中有不少和天气有关的字。连连看,猜猜下面的甲骨文分别是什么字。

雨
雪
虹
风

大事年表

距今约170万年	元谋人已能制作工具，懂得使用火。
距今约70万—20万年	北京人制作石器技术已比较成熟，懂得保存火种。
距今约3万年	山顶洞人懂得人工取火，发明骨针，会缝制衣服。
距今约1万年	中华大地进入新石器时代，原始农业出现。
距今约7000年	河姆渡文化。
距今约6000年	半坡文化。
距今约6000—4000年	传说中的炎黄联盟和尧舜禹禅让时期。浙江杭州良渚古城考古发现证实，距今五千年左右，长江下游地区已经出现了早期国家。
约前2070年	大禹建立夏王朝。
约前1600年	商汤灭夏，建立商王朝。
约前1300年	盘庚迁都于殷。
约前1250—1192年	武丁中兴。

约前1046年	周武王灭商，建立周王朝，史称"西周"。
约前1043年	周公平定武庚及三监叛乱。
约前1038年	周公营建洛邑，制礼作乐。
前841年	国人暴动，周厉王流彘，开启共和执政。中国历史确切纪年自是年始。
前827年	周厉王死于彘。宣王即位。
前782年	宣王卒。幽王立。
前771年	西周灭亡。
前770年	周平王东迁洛邑，东周开始。